El chirrión de los políticos

singulares

10

Azorín

Azorín, célebre pseudónimo de José Martínez Ruiz (Monóvar, 1873-Madrid, 1967); el escritor más prolífico de la generación que él mismo bautizara como del 98, con una carrera literaria fundada en el periodismo con decenas de miles de artículos datados (mientras todavía aguarda un ingente número sin catalogar), que abarcó desde sus años universitarios en Valencia (1888-96) hasta su residencia posterior y permanente en Madrid —salvo durante la Guerra Civil de 1936-39, cuando se trasladó a París—. En fin, toda una vida donde colaboró en una variedad enorme de diarios y revistas del momento, entre la que destaca su continuidad de décadas en *ABC* de Madrid o en *La Vanguardia* de Barcelona, o en *La Prensa* de Buenos Aires.

Cultivó todos los géneros, salvo la poesía, con un estilo peculiar e inimitable que lo ha convertido en una cima de nuestras letras. Como ensayista son ineludibles sus reportajes como *Los pueblos* (1905), *La ruta del Quijote* (1905) o *Castilla* (1912), o sus estudios sobre la tradición literaria española: *Lecturas españolas* (1912), *Clásicos y modernos* (1913), *Los valores literarios* (1914) y *Al margen de los clásicos* (1915). En cuanto a su novela, comienza con recreaciones biográficas como *La voluntad* (1902), *Antonio Azorín* (1903), o *Las confesiones de un pequeño filósofo* (1904), para proseguir con un tipo de narrativa experimental a partir de *Doña Inés* (1925), tendencia continuada por *Félix Vargas* (1928) o por *Suprarrealismo* (1929), mientras que su teatro se encuadró en el vanguardismo con claros acentos surrealistas, valga como ejemplo *Old Spain!*, *Brandy, mucho brandy* o *La arañita en el espejo*, piezas estrenadas entre 1926 y 1928.

Esta novela que ahora les ofrecemos, *El chirrión de los políticos*, es una rareza en su extensísima obra, pues como en muy pocas ocasiones, Azorín tienta el humorismo y la farsa, quizá por eso, por su excepcionalidad, no fuera reeditado desde su publicación en 1923.

El chirrión de los políticos
(Fantasía moral)

AZORÍN

PRÓLOGO:

DOMINGO RÓDENAS DE MOYA

DRÁCENA
singulares

MADRID

2024

EDICIÓN DE:
Nieves Rico García

© DEL TEXTO: FUNDACIÓN MEDITERRÁNEO
© DEL PRÓLOGO: DOMINGO RÓDENAS DE MOYA, 2024
FOTO DE CUBIERTA: AUTOR DESCONOCIDO, ELECCIONES DE 1933
© RETRATO DE AZORÍN: JUAN DE ECHEVARRÍA, 1922
© DE LA EDICIÓN: DRÁCENA EDICIONES, 2024

ISBN: 978-84-127062-7-7
DEPÓSITO LEGAL: M-1079-2024

DRÁCENA EDICIONES S.L.
FELIPE IV, 9, 1º IZQ.
28014 MADRID

DICHO Y OLVIDADO
(Prólogo de Domingo Ródenas de Moya)

La relación de Azorín con la política presenta múltiples facetas y un largo y cambiante recorrido, desde el joven anarquista del fin de siglo al cronista parlamentario desde 1904, desde el testigo y protagonista de los entresijos del poder dentro del partido conservador, hasta el liberal con pujos socializantes que celebra la llegada de la República o el tradicionalista acomodaticio que se aviene (o resigna) a la dictadura franquista. De ese zigzagueante itinerario ideológico, resulta del máximo interés para entender *El chirrión de los políticos* la etapa que va de 1902 a 1923, año en que se publicó el libro y en el que Azorín puso punto final (o le pusieron, más bien) a su vinculación directa con la política activa, lo que proyecta sobre la obra una sombra de desengaño.

La sátira política —pues eso es la obra— apareció en octubre, apenas un mes después del golpe de Estado de Primo de Rivera el 13 de septiembre, lo que llevó a algunos a creer que Azorín, mediante el escarnecimiento de los defectos del sistema de la Restauración, venía a justificar el cuartelazo. No era así. El libro estaba ya entonces en el taller de la editorial Caro Raggio, cosa que sabemos por una carta del escritor a Juan de la Cierva. Quienes no se pudieron llamar a engaño fueron los lectores argentinos del diario *La Prensa*, donde Azorín había ido publicando, entre el 28 de enero y el 2 de septiembre de 1923, la serie de artículos que recogió aquí. Y también otros que desestimó para el volumen pero que comparten el tono y el propósito satíricos, como los dedicados, en abril, a la preparación y revisión de un discurso con los que ilustra la desvergonzada práctica de negar lo que antes se había afirmado, haciendo de la verdad y la mentira materiales maleables.

Esos artículos, y por tanto el libro, reflejaban la distancia crítica en la que se encontraba Azorín respecto a la política clientelar y corrupta de la Restauración, requerida de una urgente reforma o, más bien, de una liquidación. La vieja cantinela de la regeneración política había quedado en un rezo desmayado y sin fuerza porque nada había cambiado en veinte años. Por eso el golpe militar consentido por Alfonso XIII pudo crear el efímero espejismo de que, por fin, iba a ponerse fin a una maquinaria política corroída en sus mecanismos internos. Y quizá por ello Azorín no se apresuró en deshacer el malentendido de quienes lo leyeron como un legitimador de la asonada, por lo menos durante algunos meses, los que mediaron hasta el destierro de Unamuno a Fuerteventura en febrero de 1924, si bien su actitud siguió siendo —como la de otros intelectuales del momento, sin ir más lejos Ortega y Gasset— ambigua por no decir aquiescente. Con el paso de los años, su oposición a la Dictadura de Primo fue clara y explícita; en 1929 saludó el manifiesto de un grupo de jóvenes intelectuales reclamando a Ortega su liderazgo político y ya en el otoño de 1930 su republicanismo fue manifiesto al abandonar el diario *ABC* e ingresar como colaborador en *El Sol*. La proclamación de la República removió sus deseos de acción política y, en las elecciones del 28 de junio de 1931, se presentó como candidato al Parlamento en las listas de la Agrupación al Servicio de la República, aunque luego el intento no saliera bien. En el nuevo régimen podía vislumbrar la posibilidad de resolver por fin aquellos problemas que venía denunciando desde su juventud, el peso de la oligarquía y el caciquismo —por decirlo con el título de Joaquín Costa—, el influjo desmesurado de la Iglesia, la negligencia e ineficiencia en la gestión política, la cuestión agraria, el nepotismo y amiguismo, el enrocamiento en el poder y la ineptitud como estado basal en la política española.

Cuando apareció en 1923 *El chirrión de los políticos*, el propio Azorín veía la obra como una «sátira sobre la frivolidad e inconsecuencia» políticas (así se lo describió a Juan de la Cierva). La había concebido sobre la matriz de la sátira menipea a la manera de Quevedo, lo que resulta obvio en la cita inicial, tomada de *La fortuna con seso y la hora de todos*, cuyo subtítulo, «fantasía moral», hizo suyo también Azorín. El terreno genérico donde se situaba el libro era, pues, el de la censura de vicios sociales o actitudes reprobables, una censura lanzada desde un humorismo cáustico y a través de una narración fragmentaria. La ascendencia quevedesca de la obra quedaba rubricada en la dedicatoria al periodista Francisco Gradmontagne —que era, por cierto, corresponsal del diario *La Prensa*—, donde el autor declaraba que estas páginas habían nacido «de una relectura de Quevedo». Y así debió ser, porque el 9 de febrero de 1923, acometía en *ABC* una «Valoración de Quevedo» inspirada en su reciente relectura.

Pero si la vuelta a *La fortuna con seso y la hora de todos* pudo sugerirle a Azorín que la óptica adecuada para enfocar la política española de la que él empezaba a retirarse era la satírica, no proceden de Quevedo ni la organización del libro, ni los objetos de su crítica ni la propuesta de un ideal de conducta política. Esta propuesta, encarnada en la figura senescente de don Pascual, queda encapsulada en el prólogo y en el epílogo, a los que no llega el vitriolo de la sátira. Sirve de aviso al lector que los tres capítulos del epílogo estén precedidos por otra cita del Quevedo serio y doctrinal tomada de su defensa de Epicuro en *Epicteto y Phocílides en español con consonantes*, en la que se afirma que el mejor solitario es el que sabe estar solo entre la gente. A esa estirpe de solitarios afilia a su protagonista.

Don Pascual es (o más bien fue) un político y es un intelectual retirado de los afanes del mundo; humilde, discreto, ponderado, gusta de escuchar y no es esclavo de opiniones preconcebidas, virtudes todas que lo convierten en un misterio. La unión del principio de acción política con la soberanía de la inteligencia hacen de él una contradicción (una «antinomia», dice Azorín), esto es, un «político intelectual». El político maniobra en el presente mientras que el intelectual se desenvuelve en el futuro y en el pasado, en la medida en que *descubre* el porvenir y está llamado a permanecer en la memoria cultural. Ese es, a todas luces, el modelo de Azorín en 1923, en el que se superponen, como en un montaje fotográfico, varios rostros, el muy lejano de Michel de Montaigne, el de Cánovas del Castillo, el de Juan de la Cierva, el de un desvaído Antonio Maura y el suyo propio. Como Montaigne, considera que la vida de un solo ser humano puede cifrar la más alta política y la más alta estética. Y, también como él, advierte contra el automatismo de presuponer que los políticos son «peores que los demás vivientes». A don Pascual lo conocemos desde fuera en el prólogo, cuando el autor y un amigo buscan su casita de veraneo, y luego, ya en el epílogo, habiéndonos saciado de la sinrazón y dislocaciones del día a día de la política, desde dentro, penetrando en su despacho y oyéndolo conversar con sus amigos, que es donde se desgrana su pensamiento.

No era la primera vez que Azorín pintaba la imagen del perfecto político. Lo había hecho en *El político (Arte de conducirse en la vida)* (1908) para, en cierto modo, justificar su transición de la mocedad revolucionaria al conservadurismo de madurez. Solo un año antes, en las elecciones generales del 21 de abril de 1907, había sido candidato del Partido Conservador de Antonio Maura y había obtenido escaño. Pero el tiempo en que Azorín rendía pleitesía al líder conservador ya había pasado y ahora el astro en torno al que orbitaba era Juan de la Cierva, al que exaltó en el opúsculo *La Cierva* (1910) y en el libro *Un discurso de La Cierva* (1914). Su nacionalismo tradicionalista, en la línea de Maurice Barrès y de Charles Maurras, concretado en el ingresó en el Partido Conservador en 1910, le había costado una notoria merma de su prestigio entre los intelectuales progresistas y, de rebote, el sillón en la Real Academia que se le negó en 1913 (lo que tuvo para él un efecto benéfico: el desagravio que le organizaron Juan Ramón Jiménez y Ortega y Gasset). Y esa fue una de las razones por las que se volcó en su obra literaria desde entonces sin renunciar a la actividad política, como demuestra que en 1916 saliera nuevamente diputado o que, meses después, aceptara el nombramiento como Subsecretario de Instrucción Pública, aunque el desempeño no le duró más de cuatro meses. Esa combinación se repetiría en 1918, al obtener otra vez escaño en las elecciones de febrero y asumir la misma subsecretaría de Instrucción Pública, frente a la que esta vez duró dos meses...

En fin, el Azorín político empezó a replegarse a partir de las elecciones del 27 de noviembre de 1920, más que por voluntad propia por quedarse fuera del Parlamento, pero sin perder por completo la esperanza de algún cargo. En agosto del año siguiente, cuando el Rey encarga a Maura la formación de un nuevo Gobierno y este nombra a De la Cierva ministro de la Guerra, Azorín cree ver expedito el camino por el que De la Cierva avanzará hasta asumir la presidencia del Gobierno y entonces escribe a su hermano Amancio: «Don Juan ha dicho a un amigo mío que el primer ministro de Instrucción pública seré yo». La cosa fue de muy otro modo y la decepción íntima se sumó a la necesidad de ir recuperando una reputación intelectual que no había salido indemne de su compromiso con el Partido Conservador. Ahora, desde una distancia más impostada que real, Azorín contemplaba el ruedo político y se permitía dibujar la silueta del gran político que no tenía el país.

El paradigma de político que representa don Pascual está desgranado en los tres capítulos del epílogo. Ahí se le ve sucesivamente en su despacho, donde ha citado a unos amigos para hablar sobre los problemas que embargan la nación; en el sencillo quinto piso de su domicilio urbano, donde trabaja rodeado de libros; y en su casa de campo, vencido por la edad y el cansancio, de madrugada. El retrato resultante es el de un anciano con ojos «de niño, de labriego y de filósofo» que posee, lejos de la retórica hueca, el don de la elocuencia razonada y cordial, un hombre sabio que conversa «con los doctos» y escucha «a los humildes», que sabe que a menudo hay que combatir «el prejuicio y la pasión del pueblo» sin dejar de estar con el pueblo y sin olvidar que la historia progresa gracias a una «minoría selecta», concepto este que Azorín parece tomar de la reciente lectura de *La España invertebrada* (1921) de Ortega (había escrito sobre el ensayo el 31 de agosto de 1922 en *ABC*). El poder solo puede ostentarse desde el desinterés, «sin codicia, sin concupiscencia», orientando todas las acciones armónicamente hacia el futuro y desde la clara convicción de que «no hay acción sin ideas», porque las ideas son más poderosas que las acciones. Quizá por todo ello, ha rehuido los cargos y sinecuras del poder. Para don Pascual, la política es una escuela de civismo, pues tiene por objeto hacer que los ciudadanos vayan cayendo en la cuenta de que lo que les interesa y conviene «no es el mal, sino el bien», y mientras se va cumpliendo ese propósito de educar en el bien, la norma principal debe ser la tolerancia y mantener viva la esperanza, con humildad («la soberbia es el capital enemigo», afirma) y sin confundir la ley con la justicia, porque esta es «la sensibilidad de los mejores».

En lo personal, el proyecto don Pascual es comprensivo, atento a los discrepantes, preciso y claro en cuanto dice y escribe. Prefiere la discreción y el cuidado al énfasis o la rigidez y en su rectitud ética se adivina un punto de relajación y autoironía. Sin amargura, es consciente de que la vida se consume como el pabilo de una vela y los años pasan como las nubes pasan (imagen muy azoriniana), para no regresar. Los amigos que lo conocen están seguros de que en él hay un conflicto íntimo —entre el intelectual y el político— «que hace su gestión política imposible». En las dos páginas finales, Azorín entra en la mente del anciano, ensimismado bajo los tilos de su jardín, para exponer su reflexión sobre la insignificancia de los afanes de las «minúsculas luchas políticas» vistos desde la sucesión de los siglos, desde el tiempo cósmico todo lo reduce y relativiza, dejando a la vista lo único permanente: el bien. Un bien que, en la última escena, con don Pascual sentado en una piedra del camino, se transforma inopinadamente en piedad hacia los pobres, hacia la «inmensa legión de los que trabajan y sufren», a cuyo amparo eleva el político una plegaria al Señor, habida cuenta —se diría— de que la política es incapaz de resolver el problema de la desigualdad. Resulta curioso que, en 1930, evolucionado Azorín hacia un liberalismo pro-republicano, escoja esas mismas palabras para titular una novela sobre los perdedores de la Historia: *Pueblo. Novela de los que trabajan y sufren.*

Y si en don Pascual cifró su ideal de hombre político, en los capítulos intermedios, estos sí de carácter satírico, se mofa de los males que han corroído la política española. Conforman un catálogo de prácticas reprobables, cuando no espeluznantes, presidido por la mentira y la corruptela sistemáticas dirigidas a mantenerse en el poder y a la obtención y reparto entre los afines de beneficios de diversa laya. El punto de partida es la convocatoria de nuevas elecciones «sinceras, legales, honradas» en las que, por supuesto, no cabe más victoria que la del candidato del Partido. Con ese alto fin se mueven los hilos que hagan falta, desde el toma y daca de escaños a la injerencia en las mismas mesas electorales, sobre todo en los pueblos donde se adelanta el reloj del campanario, se encarcela a los electores influyentes, se instala la urna en un pajar inaccesible (tras retirar la escalera…) o se ubica en la puerta a un gigantón provisto de una tranca disuasoria... Sigue una sesión vacía e inoperante del Consejo de Ministros tras la que Azorín pone el foco en la relación cordialísima entre el líder de los liberales, Paco, presidente de Gobierno, y el jefe de los conservadores, Perico, gracias a la cual se urden los amaños y enjuagues que tanto engrasan la maquinaria viciada del sistema. En línea con ese festival de chanchullos y cambalaches, la actividad ordinaria de un ministro, su relación con la prensa y sus viajes a provincias (capítulos VI-VIII) son representados como una serie de simulacros repetidos y discursos hueros y altisonantes. El Parlamento es un bochornoso teatro de la incomprensión y la inanidad, donde no se *parlamenta* sino que se ladra en busca de la bronca fenomenal y el escándalo que enardece al público de las tribunas, amén del hecho grotesco de que todo el enredo lo origine no un problema de alta política sino la destitución del cartero de Val de Póziga elevada a «cuestión de dignidad para Cataluña».

No hay mucha mejora en los despachos donde se toman las decisiones: el ministro recién nombrado reparte gobiernos civiles y momios entre los amigos y a los no beneficiados se les embauca con vagas promesas; si un asunto se encalla siempre queda el recurso de dejarlo para mañana; y si hay que conceder una entrevista o declaración, se da sin miedo a la contradicción con lo ya dicho, porque basta achacar la inconsecuencia a que sus palabras no han sido bien interpretadas, amén de que «los políticos no saben ellos mismos lo que piensan». En cuanto a los aspirantes, a quienes sueñan en provincias con ser diputados, la burla de su ambición, su ingenuidad y de su insignificancia cobra cuerpo en el relato incrustado en los capítulos IV y V. El héroe es Epifanio Toda, un perdedor de pocas luces que busca jefe político —liberal o conservador porque «los políticos españoles no tienen programa: todos son lo mismo»— y es confundido, robado y engañado sin aparente escarmiento. Y puesto a burlarlo todo, también se resuelve en pantomima el intento de reforma constitucional concerniente a la libertad religiosa, porque se arrepienten de llevarla adelante los mismos que la habían promovido por miedo a provocar «una nueva guerra civil». Detrás del episodio está la renuncia real de los liberales, en abril de 1923, a retirar de la Constitución el artículo XI.

La sátira de la mala política, negligente y venal, clientelar y prevaricadora, le pareció blanda a un lector tan autorizado como el crítico Enrique Díez-Canedo, que pudo detectar la inquina antiliberal que sesgaba el texto. Desde *Revista de Occidente* supo ver cómo Azorín, más allá de la sátira quevedesca de los capítulos intermedios, volvía a pintar en el prólogo y el epílogo —las partes que más complacieron al crítico— el cuadro de su político ideal, como en su tiempo habían hecho Baltasar Gracián o Saavedra Fajardo. No había en este retrato humor alguno, y sí predicación de una austeridad moral y un discernimiento intelectual de difícil compatibilidad con el ejercicio real del poder. Por algo su don Pascual vive retirado del mundanal ruido. Sin embargo, desde la paz de los desiertos poco puede hacerse para contribuir al cambio social o a la moralización de la vida pública. Eso lo reconocerá Azorín cuando, en 1932, convertido de nuevo en liberal y autonomista, para celebrar el primer año del régimen republicano, atribuya a su generación, la del fin de siglo o del 98, haber puesto en marcha el profeso que había culminado en la Segunda República, la que él aspira que sea «progresiva y no retardataria, desarraigadora de la superstición y la ignorancia y no continuadora de una España caduca». Quedó dicho el 26 de abril de 1932 en el diario *Luz*. Dicho y olvidado.

El chirrión de los políticos
(Fantasía moral)

A Francisco Grandmontagne,
recio escritor, gran patriota, leal amigo, quevedista entusiasta, dedico
—fraternalmente— estas páginas, nacidas de una relectura de Quevedo.
Azorín

«... En diciendo estas palabras, la Fortuna, como quien toca sinfonía, empezó a desatar su rueda, que, arrebatada en huracanes y vueltas, mezcló en nunca vista confusión todas las cosas del mundo. La Fortuna dio un gran aullido, diciendo: *Ande la rueda y coz en ella.*»

La fortuna con seso y la hora de todos. Fantasía moral.
Autor: Rifrocrancot Viveque Vasgel Duacense.
Traducido de latín en español por don Esteban Pluvianes del Padrón, natural de la villa de Cuerva Pilona.
Zaragoza, 1650. Página 13.)

Prólogo

La dulce haronía[1]

Caminábamos por una elevada montaña. Íbamos un amigo y yo. Era en verano. La mañana estaba radiante. Soplaba un ligero viento que traía olores de plantas silvestres: tomillo, romero, cantueso. No se escuchaba, en el profundo silencio, sino el piar, de tarde en tarde, de un pajarillo que triscaba entre los matorrales. Caminábamos lentamente. Nos deteníamos a contemplar el tejido sutil de una arañita, puesto en un lentisco; cogíamos florecitas azules de cantueso y las estregábamos en la palma de la mano; señoreábamos, desde un empinado berrueco, toda la inmensidad del panorama. ¡Qué variedad de campiñas y colinas atalayábamos allá abajo! Hemos llegado a un raso de la montaña. Se hace aquí como un agostadero en que los ganados deben de sestear. Desde aquí, tendidos sobre la suave hierba, espaciamos la vista por el paisaje. ¡Dulces horas de grato descanso! Atrás, en la populosa y turbulenta urbe, quedan las concupiscencias, las pasiones, las mezquindades. Aquí está el aire sutil, limpísimo; el aroma no pasado por alquitaras; el silencio no turbado por máquinas ni gritos. ¡Dulce, dulce haronía! Contemplamos la variedad remota, allá en lo hondo, del paisaje. Lo cierran unas montañas zarcas, azules; un regato o riachuelo corre por un estrecho valle, y sus retuertos y meandros se

[1] haronía: (DRAE) Pereza, flojedad, poltronería.

enlazan acá y allá con las vueltas de una blanca carretera; hay mohedales y macizos de árboles frondosos junto a las casitas de labor. La variedad de colores recrea gratamente los ojos. Los terruños alberos, blanquizcos, se muestran cabe a los rubiales, y estos terrenos amarillos lindan, en anchos cuadros, con los rojizos, impregnados de óxido de hierro. Las tierras calmas —no rotas— ponen en la llanura, en las laderas de los montecillos, su nota verdegueante, con hierbajos e hinojares espesos, y los novales y sernas, labrados recientemente, por primera vez, resaltan por su color hosco, negruzco. ¡Dulce, dulce haronía! Hay una gran paz que se respira en el aire delgadísimo, y el cielo está azul, límpido, como de pintada porcelana.

Con el catalejo vamos escudriñando los lejanos senos del paisaje. Un tren aparece ahora por una vallina angosta; deja su penacho de humito negro y se esconde tras un alto terrero. ¿Y la casita del político? Buscamos y rebuscamos la casita en que don Pascual pasa las vacaciones del estío. No se halla lejos de la ciudad. Esa vieja ciudad está allá, a la derecha mano, casi esfumada en el horizonte. Una neblina caliginosa, turbia, se aparece encima de la edificación. Se columbra la torre aguda, enhiesta, de la catedral. «La catedral —dice una antigua *Guía* — es del estilo oriental llamado gótico, y la última de este género que se hizo en España. Toda ella es de piedra blanca caliza, de las canteras que abundan en las inmediaciones de esta ciudad, excepto los cimientos, que son de piedra berroqueña». A esta hora de la mañana ya el ancho ámbito de la catedral estará desierto. Los pasos de algún viajero resonarán en las vastas naves; y alguna viejecita de luto, acurrucada en alguna capilla —esta viejecita no se va nunca de la catedral—, suspirará de cuando en cuando; y en alguna cripta misteriosa, sagrada, la lucecita de una lámpara arderá sin interrupción desde hace quinientos años. ¿Dónde está la casita del político? Buscamos y volvemos a buscar con el catalejo. Debe de estar no lejos de una de las carreteras que parten de la ciudad. Debe de estar al pie de un altozano, asomando entre unos árboles... Al fin, la encontramos. Sí, sí; aquel es el refugio del hombre cuerdo. Allí, en aquella casita, se halla ahora el político. ¿Qué es lo que estará haciendo don Pascual en este momento? ¿Estará en el jardín, con un libro en la mano? ¿En el cuartito de estudio, con unas cuartillas delante? Muchas veces mi amigo y yo hemos entrado en esta casita. Muchas veces —y gratamente— hemos departido con don Pascual. ¿Es un enigma este político? ¿No es una antinomia viviente?

EL INSOLUBLE CONFLICTO

Quis est ita sapiens qui omnia plene scire potest? ¿Quién es el hombre que puede saberlo todo? —se lee en la *Imitación de Cristo*, libro I, capítulo IX—.[2] *Ergo noli nimis in sensu tuo considere, sed velis etiam libenter aliorum sensum audire.*[3] No quieras confiar demasiadamente en tu dictamen; escucha el parecer de otro... Lo que descuella en la personalidad de don Pascual es su sentido de humildad, de discreción, de modestia. No se ase obstinadamente a su opinión; escucha atentamente a todos.

—Pero existe en don Pascual —dice mi amigo— un punto de psicología misterioso, insoluble. Don Pascual no es un político...

—¿No es un político?— interrumpo a mi amigo—. ¿No es un político? Nadie, a la hora presente, con más influencia en la política española.

---

[2] *Imitación de Cristo* era un prontuario de consejos para una vida cristiana. Se publicó por primera vez de forma anónima en 1418 según algunos autores y en 1427 según otros; tuvo una enorme difusión en Europa, sobre todo desde los ss. XVII y XIX. Se le atribuye a Thomas Kempis, por lo cuanto en España se le llamaba sencillamente el *Kempis*.

[3] Traducción: Luego no confíes demasiado en tu sentido; aprecia también oír con agrado el parecer del otro.

—No —replica mi amigo—, no nos hagamos ilusiones. Don Pascual, admirador de todas las cosas de la inteligencia, intelectual, intelectualizado, no es ni puede ser un político. Y esta es una antinomia profunda; este es su trágico conflicto.

—¿Cree usted en ese conflicto? —replico a mi amigo.

—Creo, y existe —añade él—. La inteligencia es creación, descubrimiento. Quien descubre va más allá de donde han ido los demás; es decir, se adelanta a los demás..., y se necesita un cierto tiempo, una cierta pausa, para que los demás lleguen hasta donde ha llegado el descubridor. Pero cuando los demás llegan adonde llegara el descubridor —es decir, la inteligencia—, ya el descubridor se ha marchado, y está más adelante. Y estos que vienen a ocupar el sitio descubierto son los hombres que hacen; es decir, la «acción». No hay conjunción entre la acción y la inteligencia. Un político intelectual se destruye a sí mismo. La inteligencia negará siempre en el político la obra práctica de este.

—¿Y ese es el conflicto de don Pascual? —he dicho a mi amigo.

—Ese es el conflicto de nuestro don Pascual. En este perpetuo antagonismo se halla la razón de su ineficacia en la política española...

—Sí; pero, al mismo tiempo —he interrumpido a mi amigo—, ese antagonismo, ese conflicto íntimo, es lo que da a don Pascual la bella, la adorable serenidad que todos admiramos en él. Y la obra política de don Pascual no es objetiva, no está en las cosas: está en su persona, es su vida misma.

LA SERENIDAD TRAICIONADA

Raro sibi ipsis sapientes ab aliis regi humiliter patientur.
Los que se tienen por sabios, rara vez sufren con humildad

que otro los dirija. *Melius est sapere modicum cum humilitate et parva intelligentia, quiam magni scientiarum cum vana complacentia*. (Obra citada, libro III, capítulo VII).[4]

—La serenidad espiritual en nuestro político —ha seguido diciendo mi amigo— es su más alto mérito. Le he oído decir alguna vez que él, en el mundo, en las luchas de la política, quería permanecer como si al día siguiente, como si mañana, tuviera que abandonar la vida. ¡Con qué desasimiento profundo de las cosas permanecería quien tuviera que morir al día siguiente! Pues la ecuanimidad de don Pascual, que tanto nos seduce y admira en él, procede de este supremo desinterés. Su vida es, sí, su obra política. Todos hemos visto en su biblioteca una hermosa fotografía del Partenón. Pero don Pascual va más allá del Partenón. El equilibrio, la medida, la proporción exacta, las lleva en su espíritu. Pero hay algo más: hay...

—Hay —he atajado yo— el sentido cristiano de la piedad y de la humildad.

—Pero a veces —ha seguido mi amigo— ese sentido de la piedad le lleva fatalmente a romper el equilibrio de la personalidad.

—Es verdad —he corroborado—, no se puede ser impasible impunemente. No lo es nuestro político. Y esos momentos en que se traiciona don Pascual —y se traiciona por la piedad— son tan bellos, tan bienhechores como los otros de la serenidad majestuosa.

—En resumen —ha dicho mi amigo—; en resumen, que nuestro político es un caso interesante en la vida española.

—En la vida española, en España y en cualquier otro país. Don Pascual no es un político. No vive en el presente ni para el presente. El intelectual para la sociedad no existe.

---

[4] Traducción: Mejor es saber y entender poco con humildad, que grandes tesoros de ciencia con vana complacencia.

Si recorremos la historia de un pueblo, veremos que lo que queda en la memoria de las gentes son nombres de poetas, novelistas, dramaturgos, filósofos. Los nombres de los políticos han desaparecido; hablo de la generalidad de los políticos. Los periódicos, las gentes, hablan de las andanzas, gestas, dichos de esa generalidad de políticos. No hablan, ni con mucho, en la misma medida de las andanzas y dichos de los intelectuales. Los intelectuales, en cambio, descubren lo porvenir, se adelantan en su marcha a las gentes. Y luego, quedan ellos solos en la memoria de las generaciones. Tienen, pues, los intelectuales el pasado y el futuro. No tienen, no pueden tener, el presente. Don Pascual vive en lo porvenir y vivirá en el pasado.

LA MÁS ALTA POLÍTICA

Llegaba el sol a su cénit. Llenaba el panorama inmenso la viva luz. Un tren, en la lejanía, ha vuelto a aparecer y desaparecer.

—¿Por qué no escribe usted —ha preguntado mi amigo— una biografía de don Pascual?

—Me gustaría escribir un libro sobre la política española —he replicado yo—; pero un libro, sí, regocijado, sin estridores ni ensañamientos. ¿Dónde está el hombre ideal? ¿Es acaso nuestro amigo don Pascual el político? Ni en la política, ni en las otras clases sociales está el hombre irreprochable, perfecto. El hombre ideal está un poco en todas partes. Absurdo me parece considerar a los políticos como dechados de todos los males. Riamos de los políticos —cuando sean risibles—, pero no cometamos la injusticia de considerarlos peores que los demás vivientes. Quien haya escrito una *Descriptiva sentimental de España,* es decir, de la nación española, deberá escribir una *Descriptiva complementaria del Estado español.* El Estado lo constituyen los políticos. Y la vida política es tan española, tan de la patria, como otra cualquier vida...

Mi amigo me escuchaba, en tanto que con el anteojo recorría el panorama. Un momento ha vuelto a fijar la mirada en la casita del político. *Quis est ita sapiens, qui omnia plene scire potest?* [5] La vida de un hombre, la vida sola, sin palabras, sin hechos, puede ser una política. Puede ser la más alta política. Y la más alta estética.

---

[5] Traducción dada por Azorín en páginas precedentes: ¿Quién es el hombre que puede saberlo todo?

I
LAS ELECCIONES

El decreto de disolución de las Cortes se ha publicado ya. Se han de celebrar nuevas elecciones generales.

El presidente del Consejo llama al subsecretario, y le dice:

—Bueno; mire usted: mañana por la tarde vamos a celebrar el primer Consejo dedicado a las elecciones. Es preciso tratar esta cuestión seriamente. Va usted a poner encima de la mesa de Consejos todo lo que haya de elecciones en el Alcubilla, y en el Dalloz, y en el Sirey... Añada usted también el *Tratado de Derecho Constitucional*, de Louit...

—¿Dice usted de Louit? —interrumpe el subsecretario.

—Creo que sí. ¿No es Louit?

—Usted, querido presidente —añade el subsecretario sonriendo—, confunde un fabricante de conservas con un profesor de Derecho. Habla usted, indudablemente, de Duguit.

—¡Es verdad!— dice también riendo el presidente—. ¡Qué cabeza la mía! ¡Es terrible esto de ser estadista!

—¡Como los dos son de Burdeos!... —exclama el subsecretario.

—¡Es verdad!—exclama también el presidente—. Los dos son de Burdeos.

El subsecretario busca el Dalloz, el Sirey, el Alcubilla, el Duguit, y coloca treinta o cuarenta tomos encima de la mesa. Media hora antes del Consejo llega el presidente y repasa, distraídamente, unas cuantas páginas de tres o cuatro volúmenes. Cuando todos los ministros se hallan sentados en torno de la mesa, el presidente dice:

—Creo, queridos compañeros, que debemos principiar ya a ocuparnos de las próximas elecciones. Es hora de que en España se celebren unas elecciones sinceras, legales, honradas. Toda la gloriosa historia del partido liberal, partido que tantos y tan relevantes servicios ha prestado en todas las ocasiones, a través del siglo XIX, a la patria...

Una voz rápida y tajante interrumpe:

—Querido presidente, perdone usted que le interrumpa. ¿Cuántos diputados vamos a traer a las Cortes?

Quien ha hecho esta pregunta es el ministro de Gracia y Justicia. El presidente del Consejo se queda un momento suspenso, y dice luego:

—Estaba todavía en la parte expositiva de mi discurso. ¿Que cuántos diputados vamos a traer a las Cortes? Todos los que hagan falta.

—Necesitamos —interviene el ministro de la Gobernación— una mayoría de doscientos cincuenta diputados.

—Hace muchos años —observa el presidente— que no ha habido en España ninguna mayoría tan numerosa.

—Si no traemos doscientos cincuenta diputados ministeriales —dice el ministro de Estado—, no haremos nada. La Cámara tiene cuatrocientos ocho diputados; una mayoría absoluta, no pueden darla sino doscientos cincuenta.

Hay un ligero silencio.

—Señores —dice, al fin, el ministro de Gracia y Justicia—, hay que ser prácticos. O traemos o no traemos mayoría. Si la traemos, gobernamos; si no la traemos, podemos, ahora mismo, marcharnos a nuestras casas.

Se entabla una viva discusión sobre los procedimientos para traer una eficaz mayoría, y los ministros, al final, acaban por dar un voto de confianza al presidente del Consejo y al ministro de la Gobernación. Los dos se encargarán de preparar los preliminares de los trabajos electorales. Cuando se han marchado todos los ministros, el presidente dice al ministro de la Gobernación:

—Bien; usted ya sabe cuál es mi pensamiento. Hace muchos años que en España no se han hecho unas elecciones sinceras, legales. El partido liberal, que tan gloriosos servicios...

—Perfectamente, perfectamente, querido presidente —le interrumpe el ministro, riendo y abrazándole—; lo sé, lo sé, y procuraré cumplir con mi deber.

El ministro de la Gobernación, desde el ministerio, está al habla con los gobernadores civiles por teléfono y telégrafo; todos los días comunica con ellos; pero, para preparar con más seguridad los trabajos electorales, va llamando por turno a los gobernadores, y en Madrid celebra con el gobernador de cada provincia largas conferencias.

Un gobernador llega desde Teruel, La Coruña, Cádiz o Burgos, al despacho del ministro. El ministro le dice:

—Ya sabe usted los propósitos del Gobierno. El Gobierno ansía celebrar en España unas elecciones sinceras, legales, honradas. Hace mucho tiempo que unas elecciones así no se han celebrado en España...

—Perdone usted, señor ministro —interrumpe el gobernador—; la provincia de Burgos elige ocho diputados, y... con ese sistema, que yo respeto, pero que no es el mío, no podemos traer ni siquiera un diputado.

—A eso iba, querido gobernador —dice riendo el ministro—. El Gobierno necesita doscientos cincuenta diputados. De Burgos podemos traer siete; el octavo se lo dejaremos a las oposiciones... En fin, usted es hombre experto y ya conoce mi pensamiento. Deseo felicitarle sinceramente el día de la elección.

El gobernador regresa a su provincia. A los ocho días no queda ningún alcalde de los nombrados por el partido anterior. Todos los nombrados ahora son adictos al Gobierno. El gobernador ha celebrado detenidas conferencias con el presidente de la Audiencia y con el coronel de la Guardia civil, jefe de las fuerzas de la provincia. Cuando todo está preparado, el gobernador va llamando a su despacho a los nuevos alcaldes.

—Tengo el propósito —les dice— de que se celebren unas elecciones sinceras, legales, honradas. Estos son los deseos del Gobierno. Hace mucho tiempo que en España no se han celebrado unas elecciones así...

—En ese caso, querido gobernador —dice, interrumpiéndole, el alcalde—, no podremos contar con que salga ni un diputado ministerial por el distrito.

—Ya, ya —dice riendo el gobernador—. Pero comprenda usted la realidad. La realidad es que el Gobierno, animado de los mejores propósitos, necesita llevar a las Cortes doscientos cincuenta diputados adictos. Lo hace en bien de España. No podría desarrollar su política beneficiosa para la patria si así no lo hiciera... De modo que ya conoce usted mi pensamiento; ¡a trabajar!

Vuelto a su pueblo, el alcalde reúne a todos los empleados del Ayuntamiento, guardas jurados, juez municipal, etc., etc., y les dice:

—He conferenciado con el gobernador. Es hora de que en España se celebren unas elecciones sinceras, legales, honradas. El partido liberal...

—Perdone usted, señor alcalde —interrumpe el secretario del Ayuntamiento—. ¿Todo eso quiere decir que debemos dejar que triunfe el candidato republicano?

—¡No, no!— replica el alcalde—. Es preciso pensar en la realidad. Y la realidad es que para mí es un compromiso de honor el triunfo del candidato ministerial. De modo que ya saben ustedes mi pensamiento. Hay que trabajar por que salga a toda costa nuestro candidato.

Todo va marchando perfecta y naturalmente en todas las provincias de España. De cuando en cuando surge un incidente. Un candidato se presenta indignado en el Ministerio de la Gobernación. Este candidato es popular en el distrito. Todos le quieren y será diputado si el Gobierno no interviene violentamente. Pero el Gobierno ha comenzado a procesar electores influyentes y a meterlos en la cárcel. Los jueces municipales han sido destituidos. Se sabe que con un mes de anticipación las actas electorales están ya falsificadas. El candidato vocifera colérico ante el ministro. El ministro sonríe.

—Es falso todo lo que usted me manifiesta —dice el ministro—. He de manifestárselo a usted con entera sinceridad. El candidato es un animal, naturalmente, asustadizo. Ahora mismo vamos a llamar al gobernador.

Un momento después el gobernador está, por teléfono, al habla con el ministro.

—Me denuncian —dice el ministro— atropellos cometidos en el pueblo de Tal. No puedo permitir ni la menor transgresión de la ley... Estoy dispuesto a castigar severamente todo atropello.

El gobernador desmiente categóricamente los rumores que han llegado hasta el ministro. Si ha habido en el pueblo de Tal algún incidente, ha sido ocasionado precisamente por los amigos del candidato de oposición. El gobernador, siguiendo las instrucciones del Gobierno, se mantendrá en una perfecta neutralidad.

—¿Lo ve usted? —dice el ministro, volviéndose hacia el candidato de oposición.

Media hora después entra en el despacho el candidato ministerial.

—¡Amigo! —le dice el ministro—. ¡No se descuida usted! Le he mandado un gobernador de primera. Pero no es necesaria tanta barbaridad... Puede usted comprometer la elección.

Se va aproximando el día de las elecciones. El gobernador, en las provincias, ha mandado a todos los pueblos delegados de su autoridad. Los delegados han metido en la cárcel a todos los electores influyentes del bando contrario; han impuesto multas terribles a los enemigos del candidato ministerial y han preparado actas falsas de la elección. El día de la elección, en muchos pueblos se ha adelantado la hora en el reloj de la torre; a las ocho de la mañana, hora en que se han de abrir los colegios, son las doce del día, y a la una de la tarde, son las cuatro, hora en que termina la votación. En otros pueblos, los colegios han sido instalados en pajares; pero han quitado la escalera de mano para subir a ellos, y nadie puede ascender hasta la sagrada urna popular para depositar en ella la papeleta. No faltan en la puerta de otros colegios electorales jayanes con gruesas trancas que alejan de todo ánimo sereno la idea de acercarse para ejercer el santo derecho del sufragio. Finalmente, en otras mesas, presididas por un grave y friolento ciudadano con capa, este coge la papeleta del elector por encima del embozo, la pasa a la otra mano, escondida en la capa, y al reaparecer por debajo la papeleta, ya no es la entregada por el elector, sino otra del candidato ministerial...

Las elecciones se celebran en medio de los más terribles desafueros y atropellos. Llega el instante de abrir el nuevo Parlamento.

El presidente llama al subsecretario.

—Bueno —le dice—; me va usted a preparar...

—¿El Dalloz, el Alcubilla, el Sirey? —interrumpe el subsecretario riendo.

—No, no —replica riendo también el presidente—. Ya sabe usted que siempre se discute la conducta electoral de los gobiernos. Nosotros, relativamente, hemos procedido con corrección. El partido liberal, que tan gloriosos servicios...

—Sí, sí, querido presidente. Necesitamos una estadística.

—Eso es; una estadística de los delegados que han nombrado los gobiernos en las elecciones anteriores, y de los actos arbitrarios cometidos por todos los gobiernos anteriores. Eso de los delegados es lo que más se discute en el Congreso. ¡Ya lo sabe usted!

—Hemos nombrado muchos menos delegados que los gobiernos conservadores.

—¡Ya lo esperaba yo! —dice con aire de triunfo el presidente—. Eso es esencial. En realidad, estas elecciones han sido sinceras, legales y honradas en comparación de las anteriores. El partido liberal...

—Sí, sí, querido presidente; el partido liberal, que tan gloriosos servicios ha prestado al país...

II
CONSEJOS DE MINISTROS

El Consejo de ministros se reúne a las cinco de la tarde en la Presidencia.

El primero en llegar es el ministro de Fomento.

—¿Trae usted algo nuevo, señor ministro? —le preguntan los periodistas.

—Traigo —contesta el ministro— mi plan de obras públicas. Ustedes ya conocen mis antiguos anhelos. España es un país cuyo territorio está sin explotar. Somos ricos que vivimos como pobres. Ignoramos nuestra propia riqueza. Y es preciso que esto termine; hay que tratar de que todas las tierras improductivas produzcan; que rieguen las aguas de todos los ríos, que salgan del subsuelo los tesoros minerales escondidos en ellos, que los productos de la tierra sean perfectamente manufacturados y preparados...

—Perfectamente, señor ministro; es un gran plan —dicen los periodistas.

Llega después el ministro de Hacienda.

—¿Hay alguna novedad, señor ministro? —le interrogan los informadores.

—Novedad... vieja. Yo persisto en mi idea de ir mejorando la hacienda española. No dependen los vicios rentísticos españoles de los hombres, sino de los procedimientos. El personal de empleados y funcionarios de Hacienda, es bueno; pero se necesita otro sistema. Con otro sistema, haciendo tributar a lo que actualmente no tributa, los ingresos del Estado podrían ser, no dobles de lo que son ahora, sino cinco veces mayores.

—Encantados, señor ministro —dicen los periodistas.

Llega después el ministro de Gracia y Justicia.

—¡Señor ministro! —gritan al verlo los periodistas.

—Yo no tengo gran cosa que comunicar a ustedes —dice el ministro adelantándose a las preguntas—. Pero la disposición de mi ánimo es excelente. ¡Justicia barata y justicia eficaz! Ese es mi lema: eso es lo que hace falta en España. Jueces y magistrados, son buenos; pero, ¿y las leyes? Hay que examinar esas leyes.

—¡Admirable, señor ministro! —dicen los informadores.

Acude después el ministro de la Gobernación.

—Nada, nada, señores; poca cosa —dice a los periodistas—. Unos expedientes sobre Beneficencia... En realidad, es preciso reorganizar en España la Beneficencia municipal y la provincial. Pienso acometer esa tarea; el asunto es delicado.

El ministro de Instrucción Pública habla a los periodistas del magno problema de la enseñanza. ¡Cuántas cosas hay que hacer en la instrucción pública de España! El ministro se halla animado de los mejores deseos.

Los restantes ministros, el de Guerra, el de Estado, el del Trabajo, etc., conversan también un momento, amablemente, con los periodistas. Ya todos reunidos en la sala de Consejos, el presidente dice:

—Señores, hemos de deliberar sobre un asunto para nosotros y para el país de gran trascendencia. Debemos ir ya preocupándonos de esta cuestión. No puede haber a la hora presente ninguna otra de más vital interés. Las elecciones que vamos a celebrar...

—¡Querido presidente, yo necesito cuarenta diputados! —grita en este punto, atajándole, el ministro de Estado.

—Si usted, compañero, necesita cuarenta —replica vivamente el ministro de Gracia y Justicia—, ¿cuántos voy a necesitar yo? Presidente, yo necesito sesenta.

—Aquí traía una lista —grita el de Hacienda—. Son treinta.

Y comienza a leer:

—«Mendoza, Carranque, Medrano, Molina, Idiáquez, Cotilla, Miranda, Sabuco, Ruano, Laverde...».

—¡Basta, basta! —vocea el presidente, llevándose las manos a la cabeza.

Entretanto, el ministro de Fomento grita:

—¡Yo tengo veinticinco compromisos!

—¡Presidente!— grita también el ministro de la Guerra—, yo no dejo fuera a treinta amigos a quienes deseo servir.

—Señores, por favor, un momento de calma —dice el presidente—. No me han dejado ustedes entrar en materia. Yo decía...

—Pero, querido presidente, ¡si todos admiramos la elocuencia de usted! —replica el ministro de Gracia y Justicia—. Pero ahora vamos a los hechos; dejemos aparte consideraciones filosóficas; lo práctico es que establezcamos desde luego la proporción de diputados que ha de traer a las Cortes cada uno de los grupos liberales. Yo no cedo en menos de sesenta...

—¡Los míos son cuarenta! —grita el de Estado.

—De los veinticinco compromisos míos —agrega el de Fomento— no rebajo ninguno.

—Querido presidente —dice el de Hacienda, leyendo su lista—: «Mendoza, Carranque, Medrano, Molina, Idiáquez, Cotilla, Miranda, Sabuco, Ruano, Laverde, Hernández, Palomo, Navarro, Zapata, Zorrilla, Redondo, Casado, Lamarque, Cifuentes...».

—¡Por Dios, por Dios! —grita el presidente.

—¡Basta, basta! —vocean los demás ministros.

Todos comienzan a hablar y a discutir a gritos. Todos quieren el número de diputados que han significado al presidente. Nadie se aviene a ceder ni en una sola acta. El Congreso consta de cuatrocientos ocho diputados. Según la cuenta de los diputados ministeriales que habrían de traer todos los jefes de grupo y que habría de traer también el presidente, la mayoría ministerial sería de trescientos cincuenta diputados. Y no es posible pasar de doscientos veinte por muchos esfuerzos que se hagan.

—Bueno, señores —dice al fin el presidente—, si les parece a ustedes continuaremos la discusión otro día; pero, ¡por favor!, yo les recomiendo serenidad. Hagamos todos un pequeño sacrificio; rebaje cada cual un poco de su lista...

El Consejo termina. A la salida del Consejo, el ministro de Hacienda entrega a los periodistas la siguiente nota:

«El ministro de Fomento ha pronunciado un extenso discurso con objeto de exponer un plan de obras públicas. Los ministros han felicitado efusivamente a su compañero por el profundo estudio de la materia que revela su plan de reconstitución nacional. El ministro de Fomento continuará en sucesivos Consejos desarrollando sus proyectos; la última parte del Consejo fue dedicada a la reforma de la segunda enseñanza, que prepara el ministro de Instrucción Pública. Dicho ministro ha quedado en el uso de la palabra para proseguir la exposición de su plan en el próximo Consejo.»

El Consejo de ministros ha de reunirse dentro de ocho días. En el tiempo que tarda en reunirse, todos los días los despachos de los ministros están llenos de amigos que aspiran a tener representación en las próximas Cortes. El ministro de Gracia y Justicia, el de Estado, el de Hacienda, el de Fomento y el de Guerra luchan todos los días con doscientos correligionarios que quieren ser diputados.

Los periodistas, a la entrada de los ministros en Consejo, les hacen las mismas preguntas de costumbre. Y todos los ministros, amablemente, hablan de sus proyectos, de España, de las grandes reformas, etc.

—Señores —dice el presidente cuando están reunidos los ministros—, supongo que todos ustedes habrán meditado. La cuestión es para nosotros del más alto interés. Si en estas elecciones que vamos a celebrar...

—Querido presidente —interrumpe el ministro de Gracia y Justicia—, de los sesenta diputados míos...

—¡Yo no puedo rebajar ni uno de los cuarenta! —ataja el ministro de Estado.

—¡Yo quiero veinticinco! —vocea el de Fomento.

Y el de Hacienda saca su lista y principia a leer:

—«Mendoza, Carranque, Cotilla, Medrano, Miranda, Sabuco, Ruano, Laverde, Hernández, Palomo, Navarro, Zapata...».

—¡Basta, basta! ¡Por Dios! —grita el presidente.

Y todos defienden sus listas respectivas. La gritería es ensordecedora. Nadie rebaja ni una sola acta de las que ha expresado. El presidente acaba por decir:

—Bien, bien, señores; puesto que no nos entendemos, dejaremos la discusión para el próximo Consejo. Pero yo vuelvo a rogar a ustedes que hagamos todos un pequeño sacrificio.

A la salida del Consejo, el ministro de Hacienda entrega a los periodistas la siguiente nota:

«Los ministros han continuado discutiendo el plan de obras públicas presentado por el ministro de Fomento; este ha presentado datos y cifras complementarios de su labor. Oportunamente se hará público el proyecto referido.

El ministro de Instrucción Pública ha continuado también la exposición de su reforma de la segunda enseñanza. En los próximos Consejos deliberarán los ministros sobre este magno asunto».

A los ocho días vuelve a reunirse el Consejo. Los periodistas tornan a preguntar, y los ministros, amablemente, hablan de los proyectos.

—Señores —dice el presidente—, el tiempo va pasando; se acerca la fecha de las elecciones...

—Querido presidente —interrumpe el ministro de Estado—: si cuarenta diputados parecen muchos...

—¿Va usted a rebajar dos? —pregunta irónicamente el de Gracia y Justicia.

—No —replica el de Estado—; digo que cuarenta diputados no pueden parecer mucho, y que si lo parecen es...

—¡Yo no creo que veinticinco! —grita el de Fomento—. ¡Yo no creo que veinticinco sean una exorbitancia!

Y el de Hacienda saca del bolsillo la lista y comienza a leer:

—«Mendoza, Carranque, Medrano, Molina, Idiáquez, Cotilla, Miranda, Sabuco, Ruano, Laverde, Hernández, Palomo...».

—¡Basta, basta! —grita el presidente.

Pero el ministro de Gracia y Justicia ha reprochado al de Guerra el que un amigo de este pretenda presentarse diputado por un distrito que siempre han representado amigos de aquel; sobre esto se entabla un vivísimo diálogo. Por otra parte, el de Fomento acusa al de Hacienda de querer ingerirse en la provincia que el de Fomento representa. Y surge otra polémica bastante agria. Todos gritan y se enardecen. El presidente procura, en vano, calmarlos a todos. Sus exhortaciones son desoídas. El tiempo pasa y no es posible llegar a ningún acuerdo.

—Señores —dice, al fin, el presidente—: puesto que no nos entendemos, en el próximo Consejo continuaremos la discusión. Pero yo me permito recomendar a ustedes, en bien de todos, un esfuerzo para llegar a una transacción.

A la salida, el ministro de Hacienda entrega una nota a los periodistas en que se expresa que el Consejo sigue ocupándose de obras públicas y del plan de reforma de la enseñanza.

—¿Se publicarán pronto esos proyectos, señor ministro? —preguntan los periodistas.

—Sí, sí, pronto; todos estamos animados de los mejores propósitos —replica el ministro—. Vamos despacio; pero la obra del Gobierno será fecunda para España.

III
LA OPOSICIÓN DE SU MAJESTAD

El jefe del partido conservador —la oposición de Su Majestad— visita, en su domicilio, al presidente del Consejo.

—¡Paco!

—¡Perico!

Los dos se funden en un estrecho abrazo. Paco es el presidente del Consejo; Perico es el jefe del partido conservador. Charlan los dos animadamente.

—Y, ¿cómo te va? ¿Te dan muchos disgustos?

—Chico, no puedes figurarte; esto no es vida.

Pero el objeto de la conferencia es tratar de las elecciones. Sale el tema a plaza. El Gobierno necesita traer una gran mayoría.

—¿Cuántos pensáis traer?

—Doscientos cincuenta.

—No puede ser.

—Difícil es; pero sin una mayoría indiscutible no se puede gobernar.

—¡Yo necesito ciento cincuenta! —exclama el jefe del partido conservador.

—¡Ciento cincuenta! Perico, tú deliras.

—Tengo esos compromisos; no puedo prescindir ni de uno. Mira; te voy a explicar...

Y el jefe del partido conservador echa mano al bolsillo y saca unos papeles.

—¡No, por Dios! —grita el presidente del Consejo—. Hoy tengo mucha prisa; charlaremos otro día. Cualquier mañana me avisas por teléfono y almorzaremos juntos.

Los periodistas dicen que el jefe del partido conservador y el presidente del Consejo han celebrado una importantísima conferencia. Al día siguiente de la conferencia van llegando a casa del jefe del partido conservador los ex ministros y personajes de más cuenta. Cada cual le entrega su lista; uno pide once diputados; otro, quince; el de más allá, treinta; el que menos, diez. El total que suman todas las listas es doscientos diputados.

—Señores —les dice el jefe del partido conservador—: es necesario reportarse; la última minoría que hemos tenido ha sido de ochenta diputados. Yo le he pedido a Paco ciento cincuenta; no es probable que podamos alcanzar ese número...

—Perdone usted, querido don Pedro —le interrumpe un ex ministro—; en la provincia de Cáceres yo no permito que el Gobierno saque más de dos diputados; los ocho restantes son para mí.

—Si no me dan quince diputados —dice otro—, los seis senadores vitalicios míos no dejarán vivir al Gobierno desde el primer día.

—¡Es escandaloso! —vocifera otro considerable personaje—. ¿Cree usted que yo puedo permitir que se queden sin acta mis amigos Redondo, Perlado, Palacio, Rodríguez, Tejero y Mendieta...?

—¡Bien, bien!—interrumpe el jefe del partido conservador—. Discutiremos en una reunión próxima.

El almuerzo del presidente del Consejo y el jefe del partido conservador se celebró con toda cordialidad. Los dos se han abrazado efusivamente al verse.

—¡Paco!

—¡Perico!

Los conservadores no pueden tener una minoría de ciento cincuenta diputados. El Gobierno no puede tener tampoco una mayoría de doscientos cincuenta; esas grandes mayorías ya no es posible lograrlas. El Gobierno aspira a unos doscientos veinte diputados. Al partido conservador procurará darle un centenar. Es preciso no olvidar a las otras fracciones de la Cámara; entre todas ellas pueden sacar triunfantes en las elecciones sesenta o setenta diputados. El jefe del partido conservador debe recomendar a sus amigos moderación.

Pero los ex ministros conservadores se han puesto ya en campaña y no prestan oídos a las exhortaciones de su querido jefe. En las provincias entran en tratos con los mismos liberales y arreglan el resultado de la elección; así en una provincia, un ex ministro liberal para sacar tres diputados y dos senadores, presta su auxilio a un ex ministro conservador, para que saque seis diputados y cuatro senadores. De otro modo, el personaje liberal, que no tiene fuerza en la provincia, no podría sacar más que un diputado, y el conservador no lograría más que tres. El resto serían independientes o republicanos. Todo el mapa electoral de España es un tejido de estos arreglos, de estos convenios, hechos a espaldas del ministro de la Gobernación y de los jefes de partido. El ministro de la Gobernación no sabe por dónde se anda; pierde la cabeza; se pasa el día y la noche haciendo listas en un cuaderno. Los gobernadores le dicen una cosa y los caciques hacen otra.

—Querido presidente —le dice el ministro al presidente del Consejo—; yo no puedo más; esto es un lío. ¿No ha hablado usted con Perico?

—Sí; he hablado con Perico.

—¿No se conforma con ochenta?

—En efecto; se conforma con ochenta.

—¿Entonces, por qué no nos ayuda ni en Cádiz, ni en Castellón, ni en Cuenca, ni en Badajoz, ni en Vitoria, ni en media España?

—Volveré a hablar con Perico.

—Y dígale usted que si sus amigos no transigen, yo echo por el camino de en medio y no van a salir ni treinta conservadores.

La tercera entrevista del presidente del Consejo y del jefe del partido conservador se verifica con la misma cordialidad que la anterior.

43

—¡Paco!

—¡Perico!

Los dos se abrazan efusivamente y charlan de las próximas elecciones. El presidente del Consejo reclama un poco de consideración por parte de los conservadores; el jefe del partido conservador promete recomendar prudencia a sus amigos.

Pero al volver a su casa, el jefe de los conservadores se encuentra con un montón de telegramas encima de la mesa de su despacho. En todos ellos se protesta contra la arbitrariedad del Gobierno; el ministro de la Gobernación, la noche antes, ha destituido por telégrafo a una treintena de alcaldes conservadores. Sin los alcaldes no se puede salir diputado en los distritos españoles. A poco van llegando a casa del jefe conservador los ex ministros de su partido; todos vienen terriblemente indignados.

—Señores —les dice el querido jefe—: la intransigencia de los unos y la vehemencia de los otros, nos han traído a esta situación. Yo lo deploro tanto como el primero; es preciso procurar la concordia. Yo creo que de todo lo referente a las elecciones debe quedar encargado don Remigio; todos tenemos plena confianza en él; todos admiramos su capacidad y su experiencia.

Don Remigio, personaje eminente en el partido conservador, queda, pues, encargado de organizar los trabajos electorales. Los candidatos van, por lo tanto, de casa de don Remigio al Ministerio de la Gobernación. Y cuando no son atendidos en ninguno de los dos sitios, visitan al jefe del partido. El jefe del partido ha vuelto a ver al presidente del Consejo. Se ha llegado a un acuerdo. Teniendo a la vista el mapa electoral de España, se ha determinado, concretamente, el número de diputados conservadores que saldrán por Cádiz, Almería, Alicante, Castellón, Toledo, etc. Los ex ministros conservadores visitan a don Remigio para enterarse del arreglo hecho con el Gobierno; el que quería sacar por Castellón seis diputados y el que aspiraba a traer cinco por Orense, etcétera, tornan a protestar ruidosamente. De casa de don Remigio van a casa del jefe del partido. Del ministerio de la Gobernación van a la presidencia del Consejo. El ministro de la Gobernación ve otra vez deshechos todos sus planes. A espaldas suyas, cuatro ex ministros conservadores se han entendido con un personaje liberal para un arreglo que consiste en apoyar los conservadores al liberal en las elecciones de diputados, con tal de que el liberal ceda siete senadores en las elecciones senatoriales.

Suena el teléfono del ministro de la Gobernación a cada momento por las llamadas de los personajes conservadores; van y vienen cartas apremiantes; se celebran entrevistas y conferencias. El jefe del partido conservador ha logrado ya que tales o cuales ex ministros cedan en las provincias de Sevilla, Orense y Castellón; don Remigio le ha comunicado al ministro de la Gobernación el acuerdo. Pero el mismo día, el gobernador de Soria, el de Burgos y el de Alicante comunican al ministro que los conservadores y liberales de aquellas provincias se han entendido para estorbar los planes del Gobierno.

El ministro va a ver al presidente del Consejo; el presidente visita al personaje liberal que pedía sesenta diputados. Discuten largamente; el personaje liberal se aviene a ceder en Soria, en Cádiz y en Alicante; pero con tal de que las primeras tres vacantes de senadurías vitalicias que haya sean para él. El personaje liberal tenía, sin embargo, un pacto con los conservadores de Soria, Cádiz y Alicante. Al ceder en estas provincias, para dar entrada a candidatos de otra fracción liberal, los conservadores de tales provincias, que son enemigos de dichos liberales, protestan violentamente y amenazan con tomar el desquite en las elecciones de senadores. Y otra vez caen por tierra los planes del ministro de la Gobernación. El ministro llama a don Remigio; don Remigio visita al jefe del partido conservador. El jefe del partido conservador celebra otra larga conferencia con el presidente del Consejo...

Diez días antes de las elecciones, el jefe de los conservadores —la oposición de Su Majestad— convoca a los ex senadores y ex diputados de su partido. El ilustre jefe va a pronunciar un discurso de elevados tonos patrióticos.

—Señores —comienza diciendo—: el glorioso e histórico partido liberal-conservador, que tantos y tan señalados servicios ha prestado a la patria, va a luchar en estas elecciones generales con el mismo espíritu de abnegación de siempre...

IV
DON EPIFANIO, CANDIDATO

«Querido Silvestre:

He llegado a las nueve de la mañana. Me hospedo en el Hotel Ibérico; me dicen que todos los candidatos a diputados van a parar al Hotel Ibérico; me parece una exageración; pero en el pasillo he encontrado esta mañana a cuatro señores que estaban hablando del ministro de la Gobernación. ¿Serían candidatos? Si lo eran, yo soy uno más, y somos cinco. No sé qué pensar de esta aventura. ¿Es que no merezco ser diputado a Cortes? ¿No he sido presidente de la Diputación provincial? ¿No he sido tres veces alcalde?

He ido a Gobernación a las cinco de la tarde. Pero se me olvidaba decirte que a mediodía, comiendo, el señor que estaba conmigo me ha contado una porción de aventuras que le han sucedido en Buenos Aires, en el Perú, en la Patagonia y en Dinamarca. Creo que es hombre riquísimo; tiene muchos negocios. A los postres me ha pedido veinte duros. No era ya hora de ir al banco a cobrar un cheque. Me los devolverá mañana. En Gobernación me han dicho que vuelva el sábado; estamos en martes. ¿Ha habido en Nebreda alguna familia que se apellide Morcuende? Lo digo porque una señora distinguidísima a quien he tropezado casualmente en la calle, ha entablado conversación conmigo y me ha dicho que se llama Tula Morcuende y que sus padres eran de Nebreda. Ha quedado en venir a visitarme. ¡Cómo está de cambiado Madrid! Hace veinticinco años que no venía yo a la Corte.

He visitado a don Servando Molina, mi ilustre jefe. Tiene una casa espléndida. He estado tres cuartos de hora en la antesala esperando. Dos señores que salían hablaban de "idiota", "canalla" y "desleal". No creo que se refirieran a don Servando. Al verme el querido jefe, ha venido hacia mí con los brazos abiertos y me ha llamado Teodomiro. Yo le he dicho que no era Teodomiro, sino Epifanio Toda; él se ha reído y me ha dicho que me confundía con un senador amigo suyo. Después ha exclamado:

—¡Bien, amigo Toda, bien! Todo está arreglado.

—¡Tan pronto! —he dicho yo.

Y él ha añadido:

—Sí, el Banco Hipotecario consiente en hacerle a usted el préstamo solicitado.

Yo no he solicitado ningún préstamo. Se ha deshecho el error. Don Servando me confundía nuevamente con un ex gobernador civil. En fin, hemos quedado de acuerdo en que lucharé por el distrito de Trujillo. ¡Qué alegría, querido Silvestre! ¡Yo diputado! Veré al ministro de la Gobernación el sábado. ¿Cómo te parece que debo ir vestido a verlo? Ponerme de levita me parece excesivo. Pero, ¿y si voy de americana y luego lo toma a mal? No sé dónde tengo la cabeza. Esta noche iré un rato al teatro; ahora voy a comprarme un par de guantes amarillos.

Te abraza tu amigo,
Epifanio Toda»

D e silvestre a epifanio

«Querido Epifanio:

¡Bueno, hombre, bueno! Ahorro comentarios. Cuando vengas, hablaremos. Ponte de levita o de americana; como quieras. Yo he estado toda la mañana haciendo injertos en los perales del huerto. Se me ha muerto un gorrino. Han parido dos vacas. El tío Cebolla, mi arrendador principal, se ha roto una pierna. Decía esta mañana Antón Cochambres en el Casino que él conoció al ministro de la Gobernación cuando era abogado en Purchena. Perico Navia ha replicado que el ministro de la Gobernación no ha estado nunca en Purchena. Han discutido y se han dado de palos. Pienso plantar de alfalfa el bancal de la Pedrera. El aceite tiene tendencia a subir de precio. Pásalo bien... y cuidado con las señoras.

Te abraza,
Silvestre Murillo»

De epifanio a silvestre

«Querido Silvestre:
Tu última recomendación ha hecho reír a Tula Morcuende. Dice que debes de ser un cazurro de pueblo desconfiado. Tula es simpatiquísima. Ha venido a verme tres o cuatro veces. Hoy, sábado, he estado en el Ministerio de la Gobernación. Pero antes de contarte lo que allí he hecho, te diré que he echado de menos una cartera que tenía en el armario con quinientas pesetas. No sospecho de nadie. No sé cómo puede haber sido. En fin, unas pesetillas de menos. En el Ministerio he esperado una hora. Te diré que desde la puerta me he vuelto, a comprarme una corbata oscura. La que llevaba era de un color rojo pronunciado. ¿No era una inconveniencia presentarme con una corbata roja al ministro de la Gobernación? El ministro me ha preguntado si yo contaba con fuerzas. Le he dicho que sí. Después he visto que se refería a las fuerzas vivas de Trujillo. Pero yo estoy dispuesto a luchar en Trujillo con fuerzas vivas o sin ellas. Paco Rejos es un muchacho extremadamente simpático. No sé si te he dicho quién es Paco Rejos. Es el secretario del ministro. También el ministro es muy amable; me ha abrazado al despedirme. El señor de la casa de huéspedes aún no me ha devuelto los veinte duros; esta

mañana me ha pedido otros veinte. Voy con Tula esta noche al teatro. Don Servando me ha invitado a almorzar; quiere que hagamos un negocio juntos; creo que es una cosa de minas. Todo, como ves, marcha perfectamente.

Un cordial abrazo,
Epifanio Toda»

DE SILVESTRE A EPIFANIO

«Querido Epifanio:

Sí, sí; todo marcha perfectamente. Hablaremos cuando regreses. He vendido el vino; me han pagado el cántaro a veinte reales. Estoy arrancando las cepas del majuelo de la Espinosa para plantarlo de hortalizas. Es posible que compre el huerto de Sebastián Redondo, que se vende barato, y monte una modesta fábrica de conservas. Pancho Coll, cada vez más entregado a la bebida. Ayer dio un escándalo enorme en el Casino. Se ha muerto doña Juana Linaza. Ha vuelto de América Paulino Izquierdo, que se marchó hace veinte años; trae algún dinero y ha comprado la zapatería de Escobedo. ¿Habrá por ahí algún buen *Manual de la cría de gallinas*? Cómpralo y mándamelo. Y mis cariñosos recuerdos al capitalista con quien comes en la casa de huéspedes.

Te abraza,
Silvestre Murillo»

DE EPIFANIO A SILVESTRE

«Querido Silvestre:

Dos letras para decirte que salgo escapado para Trujillo. Antes me detendré en Cáceres para conferenciar con el gobernador. Mi amigo don Teodosio Cabra, el compañero de mesa en la casa de huéspedes, a quien he leído tu carta, se ha reído y ha dicho que serás seguramente un ser paradisíaco. Paradisíaco ha dicho. No está mal. Lo que no me parece bien es que haya desaparecido de mi cuarto el gabán de pieles. He protestado ante el dueño de la casa, y este ha prometido hacer investigaciones... Pero no tengo tiempo para más. Escríbeme a Cáceres, al Gran Hotel de Europa y de La Perla.

Un cordial abrazo,
Epifanio Toda»

De silvestre a epifanio

«Querido Epifanio:
Te respeto, te venero, te admiro. Me infundes más admiración que el Himalaya y el Niágara juntos. Eres un monumento. Ante ti, me río del Coloso de Rodas.

Te abraza,
Silvestre Murillo»

De epifanio a silvestre

«Querido Silvestre:
Llegué a Cáceres; vi al gobernador y ¡ay! no he vencido. Oye el diálogo que tuvimos:
Yo:
—Señor gobernador: soy Epifanio Toda, candidato por el distrito de Trujillo.
El gobernador:
—¿Tiene usted la confianza del Gobierno?
Yo:
—Tengo la confianza.
El gobernador, sonriendo:
—¿Toda?
Yo, sonriendo también, con ironía:

—Sí, señor gobernador: Epifanio Toda.

El gobernador, sonriendo más:

—Digo si toda la confianza.

Yo, riendo y con toda la malicia de que soy capaz:

—Toda la confianza, querido gobernador.

(Como habrás notado, yo he tratado en seguida al gobernador con absoluta libertad. Él también me ha llamado querido.)

—Bien, querido Toda —ha dicho el gobernador—: seguiremos conferenciando mañana.

En efecto, al día siguiente he vuelto y... te lo contaré desde Madrid, para donde salgo esta noche.

Te abraza como siempre,

Epifanio Toda»

DE SILVESTRE A EPIFANIO

«Querido Epifanio:

Tu asiento en la rebotica de Velloso te espera. No tardes. Atanasio Hernández, que, durante tu ausencia, hacía el cuarto en el tresillo, ha tenido que marcharse al campo. La partida se ha interrumpido, pues aunque Reguera ha querido sustituir a Hernández, no nos hemos prestado a ese juego.

Ya conoces las mañas de Reguera. No demores el viaje. Restitúyete, ¡oh grande, magnífico hombre!, a la patria querida.

Un cordial abrazo,

Silvestre Murillo»

DE EPIFANIO A SILVESTRE

«Querido Silvestre:

Escucho el llamamiento de la patria; pero no puedo volver a ella. Necesito diez mil pesetas. Que no se entere

Matilde. Te las devolveré en cuanto regrese y haga una combinación. ¡Qué Madrid éste! Estas cosas no pasaban hace treinta años. Ya te contaré.

Te abraza más fuerte que nunca,
Epifanio Toda»

V
DON EPIFANIO BUSCA JEFE

La primera noticia del fracaso electoral de don Epifanio Toda ha producido una explosión de carcajadas en la tertulia de la farmacia. Don Epifanio está todavía en Madrid. Durante ocho días los contertulios de la farmacia no han dejado de reír. Pero cuando ha regresado don Epifanio y ha ido a la farmacia, todos al verle entrar se han puesto muy serios. Todos han lamentado el fracaso con palabras de indignación.

—¡Don Epifanio, eso es intolerable!

—¡Querido Epifanio, es preciso buscar otro jefe!

—¡Qué escándalo!

—¡Un hombre como tú, Epifanio! ¡Esos políticos idiotas!

A lo largo de un mes han estado insistiendo en la tertulia sobre la necesidad de que don Epifanio busque un nuevo jefe. Don Epifanio no puede quedar en esta situación desairada. Las fuerzas que siguen a don Epifanio necesitan un jefe que haga justicia a don Epifanio. Don Epifanio debe volver a Madrid en busca de jefe.

No podía resistir don Epifanio la tenaz e impetuosa insistencia de sus amigos. Sí; necesitaba buscar un jefe. Don Epifanio toma el tren y se marcha a Madrid.

Está en Madrid don Epifanio. ¿Cómo se arreglará para buscar el jefe don Epifanio? Es preciso conocerlos previamente a todos. Pero, ¿de qué manera conocerlos a todos para elegir luego? Los políticos españoles no tienen programa: todos son lo mismo: no hay diferencia ninguna entre liberales y conservadores. Si no tienen programa no es dable elegir por el programa. Hay que elegir por la persona.

Don Epifanio se halla en un terrible compromiso. No se puede ir a visitar a los jefes políticos uno por uno y decirles: «Vengo a charlar un rato con usted; si usted me es simpático, si tiene usted talento, será usted mi jefe». Esto sería absurdo.

Don Epifanio va indeciso, perplejo, por la calle. Se ha puesto un levitín y ha comprado una corbata nueva. ¿Qué va a hacer? No lo sabe.

De pronto, un transeúnte le echa los brazos al cuello y grita:

—¡Don Epifanio! ¿Toda... toda... vía por aquí?

—¡Roberto! —grita don Epifanio—. ¡Pero si acabo de llegar!

—¡Es que deseaba hacer un chiste, don Epifanio!

—¡Claro, ese es tu oficio!

—El oficio de ganar dinero escribiendo sandeces y barbaridades.

—Pero, chico, ¡qué diferencia de cuando estabas en el pueblo!

—¡Ya lo creo! Allí en la farmacia todo era maja que te maja en el mortero. Y aquí también: maja... maja... derías.

—Pero ganas mucho dinero.

—Todo el que quiero, amigo don Epifanio. Este año llevo estrenadas ya tres obras.

Don Epifanio explica a Roberto el conflicto en que se halla. Entran en un café. Deliberan. De pronto, Roberto, en tono melodramático, con voz sonora, exclama:

—¡Usted tiene una finca magnífica en la huerta del pueblo!

—¡Hombre! —replica don Epifanio—. Yo no tengo ninguna finca en la huerta del pueblo. Mis fincas todas están a la otra parte.

—Sí, ¡usted tiene una finca en la huerta del pueblo! —repite Roberto.

—Bueno; lo que tú quieras, Roberto —contesta don Epifanio—. ¿Es que vas a preparar algún chiste?

—Voy a darle a usted el medio de que vea usted sin compromiso a todos los políticos.

Y en seguida añade:

—Usted tiene una finca en la huerta; un vecino de usted ha comprado cerca otra finca; al lado de la finca de usted han hecho una carretera; para llegar a esa carretera, el vecino de usted tiene que dar un gran rodeo; le pide a usted permiso para hacer una senda en la tierra de usted; usted se lo da; pasan los años; el vecino quiere convertir la senda en un camino; usted se niega; le pone a usted pleito; lo gana en el juzgado, porque es amigo del juez; usted viene a Madrid y va a consultar con un abogado... ¿Comprende usted?

—¡Ah, querido Roberto, qué lío! Yo no comprendo nada.

—¡Cómo! ¡Toda la inteligencia de don Epifanio Toda, no es capaz de comprender este argumento!

—¿Es una zarzuela que preparas?

—Es la salvación de usted. Todos los políticos españoles son abogados. Usted va a consultarles a todos sobre el caso que acabo de explicarle. Y así puede usted conocerlos a todos.

Don Epifanio, encantado, da las gracias a Roberto y se marcha a comenzar sus consultas.

Llega a casa del primer personaje. Pregunta por él al criado.

—El señor no recibe —dice el criado.

—Es para una consulta de abogado —dice don Epifanio.

—¡Ah! Eso es otra cosa; pase usted.

Don Epifanio pasa al despacho del grande hombre y principia a exponer el caso.

—¿Dice usted que una senda... una finca... una concesión al vecino? —pregunta el ilustre parlamentario.

—Sí, sí —afirma don Epifanio—. Pero lo lamentable es que este empeño del vecino en querer convertir la senda en camino carretero...

—El caso es arduo, difícil —replica el grande hombre—. Claro está que existen precedentes. Me recuerda esto lo que en un discurso decía Montero Ríos el 17 de junio de 1885 contestando a don Francisco Silvela... Pero Montero Ríos en su afirmación padecía un error; no es la Ley de

1874 la que había que aplicar al caso citado por Montero Ríos, sino el Reglamento de 1894 modificado por una Real Orden de 1896. Pero Silvela, que alegaba esto, se olvidaba de que ya en 1875, el 4 de octubre, contestando Cánovas a una interpelación de Alonso Martínez sobre los célebres sucesos de La Coruña, sentó una doctrina análoga, pero con la salvedad que establece un Real Decreto de 1882...[6]

—Perdone usted —se atreve a decir don Epifanio—, pero la pretensión de mi vecino...

—Un momento —ataja el insigne político—. Esas pretensiones de los vecinos son como lo que decía Sagasta cuando le preguntaban...

Y el eminente parlamentario relata una ingeniosa anécdota de Sagasta que hace reír a don Epifanio. Luego añade otra de Romero Robledo; después, otra de Ruiz Zorrilla y Amadeo.[7] Don Epifanio y el gran político reían a carcajadas.

---

[6] Estos personajes son Eugenio Montero Ríos (1832-1914), político y jurista español, ministro de Gracia y Justicia con Amadeo I y ministro de Fomento, presidente del Tribunal Supremo, presidente del Consejo de ministros y presidente del Senado durante la Restauración; Francisco Silvela y de Le Vielleuze (1845-1905), otro político y, además, académico, también presidente del Consejo de ministros y ministro de Gobernación, de Gracia y Justicia, de Estado y de Marina durante la regencia de María Cristina y primeros meses del reinado de Alfonso XIII, Antonio Cánovas del Castillo (1828-1897), personaje insoslayable de la política española de la segunda mitad del s. XIX, como principal valedor de Alfonso XII y arquitecto de la Restauración, durante la cual fue el máximo dirigente del partido conservador, que él mismo creó. Ejerció el cargo de presidente del Consejo de ministros en seis ocasiones. Y, por último, Manuel Alonso Martínez (1827-1891) otro político del momento, ministro de Fomento, de Hacienda y Gracia y Justicia en varias ocasiones, desde el reinado de Isabel II hasta su nuera, la regente María Cristina.

[7] Y estos otros son Práxedes Mateo Sagasta y Escolar (1825-1903), político que ejerció el cargo de presidente del Consejo de ministros durante siete ocasiones entre 1870 y 1902, alternando con su rival político Antonio Cánovas del Castillo; Francisco Romero Robledo (1838-1906) otro político, ministro de Fomento durante el reinado de Amadeo I, ministro de Gobernación en el reinado de Alfonso XII, y ministro de Ultramar y ministro de Gracia y Justicia durante la regencia de María Cristina. Mantuvo una constante pugna con Silvela desde las filas conservadoras: En cuanto a

Don Epifanio se retira encantado y se encamina a casa de otro personaje.

—El señor no está en casa.

—Es para una consulta de abogado.

—¡Ah! Pase usted; eso es otra cosa.

Don Epifanio comienza a explicar el caso al eminente república.

—Yo tengo una extensa finca en el pueblo...

Entra en el despacho un joven que entrega al político unos telegramas. El político se pone a leer los telegramas.

Don Epifanio se detiene.

—¡Siga usted! ¡Siga usted! —grita el político—. ¡Estoy escuchando!

Don Epifanio explica el caso mientras el político lee los telegramas.

—¡Bueno!— grita el político de pronto, dirigiéndose al joven—. ¡Conteste usted que es preciso transigir! ¡La política es transacción! ¡El Gobierno transigirá! ¡Ellos han de transigir! ¡Llegaremos así a un acuerdo! ¡No se pueden extremar las cosas! ¡Soy partidario siempre de los procedimientos de paz, de suavidad, de armonía, de concordia!

Y volviéndose hacia don Epifanio:

—¡Enterado, enterado, querido señor! Usted necesita que su vecino le conceda un paso por su finca; su vecino se opone a que usted en la finca del vecino trace un camino carretero... Usted insiste; él se niega... Usted vuelve a

Manuel Ruiz Zorrilla (1833-1895), fue ministro de Fomento y de Gracia y Justicia durante el gobierno provisional de la Revolución Gloriosa de 1868, y jefe de Gobierno con Amadeo I. Tras la renuncia al trono de Amadeo de Saboya, se retiró temporalmente de la política, pero a lo largo de 1873 se inclinó por la República. Tras la Restauración se exilió en 1875, y se convirtió en adalid del republicanismo. Y finalmente, Amadeo I de España (1845-1890), elegido rey de España por las Cortes Generales en 1870, tras el destronamiento de Isabel II en 1868. Su monarquía duró desde el 2 de enero de 1871 hasta el 11 de febrero de 1873. Con su abdicación se proclamó la Primera República Española.

insistir. ¡Perfectamente! Pues, una transacción... Haga usted un esfuerzo; transija usted. ¡La paz, la concordia ante todo!

—Perdone usted —dice don Epifanio—. Pero es lo contrario...

—¡No, no! —vocea el grande hombre—. ¡La transacción, la transacción! ¡La paz, la paz! El asunto queda perfectamente arreglado con la fórmula que propongo a usted.

Don Epifanio se despide y se encamina a la casa de un tercer personaje.

—El señor no puede recibir.

—Dígale usted que es para una consulta de abogado.

—¡Ah, en ese caso...! Pase usted.

Don Epifanio comienza su relación.

—¿Era pariente de usted el difunto general Toda? —le interrumpe el eminente parlamentario.

—Pariente lejano —contesta don Epifanio.

—Pues en ese pueblo —añade el personaje— tenía Toda extensas fincas. Dicen que las malvendió.

—Esas fincas se las compré yo al general.

—¿Las compró usted?

—Sí; más por hacerle un favor que por otra cosa.

—Dicen que valían más de un millón de pesetas.

—Eso decían; pero las fincas estaban en muy mal estado, abandonadas.

—¿Y usted, cuánto dio, amigo don Epifanio?

—Yo di trescientas mil pesetas.

—¡Ah, es un negocio magnífico, querido don Epifanio!

—No tanto; yo he tenido después que gastar mucho.

—Ya se habrá indemnizado usted.

—Hago producir a esas tierras un doce o catorce por ciento...

Y de pronto el eminente orador:

—Oiga usted, querido Toda: el asunto de usted es preciso tratarlo despacio. Vuelva usted mañana por aquí; procuraré estar libre; hablaremos extensamente...

Don Epifanio se despide. El grande hombre abraza efusivamente a don Epifanio. Después, ya en la puerta, vuelve a estrechar su mano con profundo cariño.

Ya está don Epifanio de regreso en su cuarto de la fonda. Toma papel y se dispone a escribir sus impresiones a los amigos de la tertulia.

VI
LA MAÑANA DE UN MINISTRO

El ministro se levanta a las nueve y media.

—¿Ha venido Cascales? —pregunta.

Cascales es su secretario íntimo, su escudero, su confidente.

El ministro se pone a hojear los periódicos de la mañana; pero desvaída, distraídamente. Llega Cascales.

—¡Pero, hombre! —exclama el ministro—. Cada vez vienes más tarde.

Cascales se encoge de hombros; luego dice:

—Nos separamos anoche a la una, después del teatro. Al marcharme encontré a Estrella, la de la calle de Preciados; estuvimos charlando...

—Oye —interrumpe el ministro—, ¿pero Estrella no está ya con Paco Pastor?

—No —replica Cascales—; me estuvo contando una historia muy larga; dice que...

Entra un criado y anuncia que el gobernador de Madrid llama con urgencia al ministro al teléfono.

—Pero, bueno —dice el ministro—. ¿Es que cree el gobernador que yo soy una agencia de colocaciones de viejas arrepentidas?

—¿Es lo de María la Pizorra?

—Eso debe ser. Yo no puedo darle a esa respetable anciana, tan conocida en Madrid, la plaza vacante de celadora en el Conservatorio.

Llaman otra vez por teléfono.

—¿Has leído los periódicos? —pregunta el ministro.

—Por encima —contesta Cascales.

—Yo he principiado a leerlos y no he tenido tiempo. ¿Dicen algo de la Compañía de Carbones?

—Nada; la campaña que inició La Bandera ya sabes cómo logramos terminarla.

Tornan a llamar por teléfono. Un criado anuncia luego que ha llegado el coche. El ministro y Cascales se marchan al Ministerio.

Son las diez. En el Ministerio, el ministro se sienta en su sillón del despacho. Van llegando los jefes de las secciones. Todos traen gruesos rimeros de papelotes. Cascales entra y sale a cada momento.

Un jefe de sección —hombre encanecido en los expedientes administrativos— está de pie ante la mesa del ministro. El jefe va presentando los expedientes al ministro y explica brevemente su contenido.

—Esto es —dice el respetable varón— un asunto muy importante; recordará el señor ministro...

Encima de la mesa hay un aparato telefónico. Suena ruidosamente el timbre.

—¿Qué hay? —grita el ministro con el auricular en la oreja.

No se debe de oír claramente.

—¿Quién? —torna a preguntar el ministro—. ¿Quién es? —repite un poco exasperado—. ¡Ah! —exclama luego—. ¿Eres tú, Demetrio?

Y la conversación comienza.

—Sí, sí —dice el ministro—. Esta noche, al Ritz... ¿El estreno de Apolo?... Bueno... ¡No, no! Si yo estuve hasta la una con Cascales... Sí, me ha dicho Cascales que encontró a Estrella, la de la calle de Preciados... No, no; yo, no. Me vine a casa en seguida... ¡Ja, ja, ja!... Bueno, hasta la noche. ¡Adiós!

El ministro cuelga el auricular.

El jefe de la sección prosigue:

—Decía, señor ministro, que el asunto de este expediente es de extraordinaria importancia; el año pasado...

Cascales entra precipitadamente.

—Oye, Lorenzo —le dice el ministro—. Demetrio Medina dice que Estrella le ha contado a Juan Serrano...

—¡Hombre, por Dios! —interrumpe Cascales—. Esos son líos y cuentos de Matilde Romero; Estrella no ha dicho nada. Ya te contaré luego. Ahí está Rebollo, el senador por la Universidad de Sevilla; quiere verte.

—¡Rebollo! —exclama el ministro llevándose las manos a la cabeza—. ¡Rebollo, y con el trabajo que tenemos! Si me coge, no me suelta en una hora. Dile que no puedo, porque... Cualquier cosa.

Se marcha Cascales.

—Decía, señor ministro, que el año pasado, con motivo del recurso que se interpuso para...

Entra otra vez Cascales de pronto.

—Está ahí el obispo de Soria —dice.

—¡Pero si lo tenía citado para las doce! Así, con este desorden, no se puede hacer nada —replica el ministro.

Y luego añade, levantándose:

—Supongo que habrás telefoneado para que nos guarden un palco el sábado en Eslava; tengo interés en asistir a ese estreno de Hernández Rojo.

—Ya no trabaja Laura Pía.

—¡Cómo! —exclama el ministro—. ¿Se ha marchado de Eslava Laura Pía?

—Sí, hombre; hace dos días —contesta Cascales—. Tuvo una pelotera terrible con Paca Otero. Ya sabes que el pobre Manolo Díaz...

—Sí, ya sé; pero yo creía que eso había terminado ya.

Entra un ordenanza anunciando otra vez al señor obispo de Soria.

—¡Pero qué querrá este hombre! —exclama el ministro—. Dígale usted que pase.

Entra, reverente y pausado, el señor obispo.

—¡Mi querido y respetable amigo! —exclama el ministro avanzando hacia el prelado, inclinándose ante él y besándole el anillo.

El obispo sonríe. El obispo viene a un asunto relacionado con una fundación piadosa de su diócesis.

—¿La Fundación de los Pachecos? —dice el ministro, haciendo como que recuerda.

—Sí, sí—dice suavemente el obispo—, la Fundación de los Pachecos, que...

—Sí, sí —dice el ministro, que no sabe nada de la tal fundación—; sí, sí, hemos estudiado ese asunto. Importante; muy importante. Su resolución es de justicia.

El obispo vuelve a sonreír. Y añade algunas vagas palabras.

—Yo supongo —añade el ministro— que eso es cosa que ha de venir a la firma uno de estos días. Yo activaré el asunto; hoy mismo pediré el expediente.

Se marcha el obispo. El ministro se sienta en su sillón. Echa una mirada por el expediente que tiene sobre la mesa. El jefe de la sección permanece inclinado, en silencio.

—Bien; vamos a despachar esto —dice el ministro—. Decía usted, Padilla...

—Decía —prosigue el jefe de sección— que este es un asunto de extraordinaria importancia. Debe el señor ministro resolverlo urgentemente; y es excepcional la urgencia de este expediente, porque cuando el año pasado...

De pronto, se abre violentamente la puerta del despacho, entra un caballero canturreando, con el sombrero puesto y haciendo molinetes con el bastón. El ministro, al ruido, levanta la mirada del expediente, y grita con un profundo asombro:

—¡Pepe! ¡Tú por Madrid! ¡Ven a mis brazos!

El recién llegado y el ministro se confunden en un estrecho, efusivo abrazo. El recién llegado es el famoso actor cómico Pepe Cuesta, que acaba de llegar de hacer una temporada en Buenos Aires.

Hay un vivo cambio de impresiones entre Pepe y el ministro.

—Y de mujeres, ¿qué? —dice el ministro.

—Chico, maravillosas, estupendas —dice Pepe, haciendo cómicos visajes de arrobo. Y luego, poniéndose ridículamente en éxtasis, con la mirada en el techo y los brazos abiertos:

—¡Dios mío, qué mujeres! Im-pon-de-ra-bles...

Entran dos diputados y un senador que conocen a Pepe Cuesta; nuevos abrazos; exclamaciones; carcajadas. Durante media hora, el gran actor cómico hace toda clase de parodias y diabluras, y todos ríen estrepitosamente.

Suena de pronto el teléfono. El ministro coge el auricular. Se entabla una larga conversación. El ministro dice:

—Presente... ¡Ah! ¿Es usted, querido presidente?... Sí; he recibido la citación para el Consejo de ministros de esta tarde... En efecto; muy importante... Ha estado aquí el señor obispo... ¿Que ese asunto puede promover una seria campaña de las derechas? Descuide usted, querido presidente... Sí; llevaré el asunto esta tarde al Consejo... ¡Claro!... Estaba ocupándome del asunto en estos momentos... Muy difícil; complejo... Toda la mañana estoy tratando de penetrarme bien de la cuestión... No tenga usted recelo ninguno... No; no; no... ¡Ah, querido presidente! La perspicacia de usted no la tiene nadie; usted con echar una ojeada a un expediente, ya está usted enterado de todo. Yo llevo tres horas estudiando ese asunto de la fundación, y ahora es cuando comienzo a ver claro... Sí, sí; perfectamente... Hasta la tarde... ¡Adiós...!

Pepe Cuesta, que ha estado, como los demás, oyendo la conversación, comienza a parodiar al presidente del Consejo. Imagina que está el presidente en la Cámara y que se levanta para contestar a un diputado de la oposición.

—En efecto —dice Pepe Cuesta con voz gangosa—, en efecto, su señoría tiene razón en quejarse al dirigirse al presidente del Consejo; pero el presidente del Consejo dice a su señoría: ¿Es que su señoría ha meditado sobre todos los aspectos de la cuestión? Porque si, por un lado, su señoría tiene razón, por otro, no la tiene...

Todos ríen a carcajadas, estrepitosas; se tienden por los divanes para reír más a sus anchas; andan de un lado a otro, vivamente, por el despacho.

El respetable jefe de sección ha desaparecido hace rato con sus expedientes debajo del brazo.

—Amigo Padilla —le ha dicho el ministro—, mañana seguiremos examinando ese asunto.

Después, toca el ministro un timbre y dice cuando aparece el ordenanza:

—A Ordax, que me prepare todos los datos sobre la Fundación de los Pachecos para el Consejo de esta tarde.

La antesala del ministro está llena de gente: diputados, senadores, visitantes de toda laya. Son las doce.

El ministro sale. Va saludando afectuosamente a todos. A uno le da un abrazo; pone al otro la mano en el hombro; sonríe a todos. El ministro está enterado de todos los asuntos. Todos los asuntos van a ser despachados pronto. Su interés por todos es vivo, sincero. Hay cambios rápidos de impresiones; y hay diálogos largos, detenidos en el hueco de una ventana. Todos los ministros dan una prueba de confianza a un visitante hablándole en el hueco de una ventana.

A la una y media, a las dos menos cuarto, cuando la recepción termina, el ministro exclama, dirigiéndose a Cascales:

—¡Qué vida! Es terrible... ¡Esto no es vivir!

Cascales comenta filosóficamente, con profunda convicción:

—¡Y luego dicen que un ministro no trabaja!

VII
VIAJES MINISTERIALES

Diez minutos antes de la salida del tren llega el ministro. Son las primeras horas de la noche. Ya está en la estación el subsecretario —que ha de acompañar al ministro—. Los periodistas se hallan formando un grupo al pie del coche. Todos han acomodado ya sus equipajes.

—¡Señores! —exclama el ministro, dirigiéndose jovialmente al grupo—. ¡Señores, tanto bueno!

Van también con el ministro tres o cuatro diputados y dos o tres senadores. El ministro estrecha la mano cordialmente a periodistas y parlamentarios. Los viajeros del tren están asomados a las ventanillas para ver al ministro. En el tren ha sido enganchado un coche-salón, y en él irán el ministro, el subsecretario y tres o cuatro diputados y senadores. El jefe de estación se acerca al grupo, se quita reverentemente la gorra ante el ministro, y le dice:

—Cuando el señor ministro quiera, puedo dar la orden de salida.

—¿Es la hora ya? —pregunta el ministro.

—Sí, señor ministro —contesta el jefe.

—Pues entonces, en marcha —agrega el ministro.

Todos suben al coche-salón. El ministro, de pie, en uno de los extremos, espera que el tren arranque. Se oye un silbato. El tren se pone en marcha. El ministro se quita el sombrero. Todos los que quedan en la estación se descubren. Algunas veces suena un aplauso; pero los aplausos ya van siendo muy raros. El coche-salón lo forman una cámara rodeada de anchos divanes, con rasgadas ventanas, y dos camarillas reducidas, en que hay, en cada una, dos lechos. Los periodistas y los parlamentarios se sientan en los mullidos divanes.

—¡Bueno! —dice el ministro—. Ya estamos en marcha.

Y dirigiéndose a los periodistas:

—Ustedes, ¿qué cuentan? ¿Qué hay de nuevo por Madrid?

—Nada, señor ministro —contesta un periodista—; usted es el que sabe las cosas. ¿Va usted a tratar de asuntos de actualidad en su discurso?

—¡Hombre, no! —exclama el ministro—. En un discurso de apertura de un Congreso pedagógico no puedo hacer política.

—Sin embargo —añade otro periodista—, las cuestiones pedagógicas son política, en su más elevado sentido.

—El tema es interesante...

—¡Muy interesante! —interrumpe el ministro.

—La enseñanza —dice el periodista— es el verdadero problema de España; leía yo estos días pasados un libro en que se exponen las más recientes doctrinas pedagógicas...

De pronto, el ministro ataja dirigiéndose a un senador:

—Oye, Perico; en la cacería del Pedroso me han dicho que cobrasteis trescientas perdices el primer día.

—Chico, una cacería magnífica.

El periodista que ha comenzado a hablar de las doctrinas pedagógicas sigue hablando con sus compañeros. El ministro dialoga con el senador. Luego se vuelve hacia el periodista, como si hubiera escuchado sus palabras, y dice:

—¡Muy interesante, muy interesante!

El tren marcha en la noche. La conversación sigue animada.

—¡Nada de política, caballeros! —dice campechanamente el ministro.

—Don Fernando —dice un periodista, dirigiéndose al ministro—. ¿Ha leído usted el artículo que publica esta mañana *El Clamor* sobre organización de la segunda enseñanza?

—Sí, sí —responde el ministro—. Es un artículo muy meditado.

—Hace falta en España una reorganización de la segunda enseñanza —añade el periodista—. Realmente en España todo se resiente de esta falta de solidez en esos estudios. En Francia, recientemente...

—Juanito —dice bruscamente el ministro, dirigiéndose a un diputado—, ¿estuviste en el estreno del Reina Victoria anoche?

El ministro y el diputado hablan del estreno del Reina Victoria. El periodista expresa ante los compañeros sus ideas sobre la reforma de la segunda enseñanza. El ministro, de pronto, se vuelve hacia el periodista y dice:

—¡Muy interesante, muy interesante!

Se va acercando la media noche. Al parar el tren en una estación, descienden del coche-salón algunos periodistas y algunos parlamentarios y se dirigen a sus coches. Otros se quedan en el coche-salón, donde pasarán la noche tumbados en los divanes. El ministro y el subsecretario se retiran a una de las camarillas.

—¡Vaya, señores, buenas noches! Hasta mañana —dice el ministro al retirarse.

—¡Adiós, don Fernando! Que usted descanse —replican los periodistas.

Cuando ha desaparecido el ministro con el subsecretario, uno de los periodistas, señalando la puertecilla por donde se ha ido el ministro, dice:

—¡Qué hombre! ¿Eh?

—Completamente estólido —dice otro.

—¡La verdad que es un papel el nuestro! —exclama un tercero.

Y la conversación prosigue.

—Son completamente ignorantes.

—No tienen idea de nada.

—No les importa nada de nada.

—Eso, no. Algo hay que les importa mucho.

—¡Sí, claro!

—¿Sabéis qué es lo que lleva entre manos este?

Y bajando la voz, habla con sus compañeros.

Y todos, luego:

—¡Qué barbaridad!

—Pero, ¿eso no podrá ser?

—¡Es admirable!

—¡Qué escándalo!

El ministro se ha retirado con el subsecretario a su camarilla.

—¿Has visto que tropa? —le dice el ministro al subsecretario, aludiendo a los periodistas.

—Buena gente —replica con desdeñosa lástima el subsecretario.

—Unos desdichados —añade el ministro— Tienen todos unas pretensiones exageradas. Creen que el mundo se arregla con fantasías.

—Algunos tienen talento —observa el subsecretario.

—Pero es imaginación..., fantasía..., sin sentido práctico... ¡Literatura!

Y después, repentinamente:

—No hemos podido hablar en toda la tarde. ¡Este dichoso viaje! ¿Has estado en la Unión general?

El subsecretario replica:

—He estado esta tarde en la Unión General de Lampistería y Accesorios.

—¿Has hablado con Núñez Calvo?

—He hablado con Núñez Calvo. Espera que consigamos del ministro de Hacienda esa modificación del Arancel.

—A la salida del Consejo, esta tarde, yo me he marchado con el ministro. Se resiste un poco. Pasar de una columna del Arancel a otra las bombillas eléctricas y la hojalata, parece una cosa sencilla, pero...

—No ocurrirá nada. Cuatro días de algazara en la prensa, y a otra cosa.

—No, no es tan llano el camino. La industria conservera, ante el encarecimiento repentino de la hojalata, promoverá de seguro una ruidosa campaña.

—Sí; pero como Rubio, que es del Consejo de Administración de la Unión, si no se hace la reforma, amenaza con una interpelación sobre Marruecos, y compromete al presidente y al ministro de Estado...

—¡Hombre! Yo presión hago; creo que lo conseguiremos...

—Ya sabes...

—Sí, ya sé...

—¿Cómo va el negocio?

—Bien; hemos comprado últimamente las máquinas de la fábrica Hijos de Cros. Las máquinas son un poco viejas; no pueden competir con las del extranjero...

—¡Pero con la protección arancelaria! ...

—¡Ah, claro! No debemos tener cuidado...

El ministro y el subsecretario duermen descansadamente en sus camas. El tren corre vertiginoso. Clarea la aurora. Ya los primeros dorados rayos del sol dan en las ventanillas del coche. Comienzan a subir, en las estaciones, comisiones de los pueblos. El ministro y el subsecretario se levantan. Los periodistas y parlamentarios llenan ya el salón. El ministro, en las estaciones importantes, baja al andén y dirige la palabra a los que salen a saludarle.

—Señores —les dice invariablemente—, tengo una verdadera satisfacción en conversar con ustedes un momento; agradezco estas bondadosas muestras de simpatía...

En el coche-salón, en tanto que el portero mayor del Ministerio —que siempre acompaña a los ministros— ha preparado el desayuno y lo va sirviendo, se entabla una viva discusión sobre el problema social.

—El mal fundamental de nuestro país, y en general el de todas las sociedades —dice sentenciosamente el ministro—, es la falta de orden. Sin orden, no puede haber sociedad.

—Pero el orden —observa un periodista—, el orden...

—El orden y toda la cuestión social —interrumpe el ministro— se resume en una fórmula muy sencilla: que cada cual cumpla con su deber. Esa es la verdadera solución del problema social. Cumpliendo cada cual con su deber, en la vida pública y en el hogar doméstico, no hay problema social. Lleva, pues, cada ciudadano en sí mismo la solución del problema social. Y es en la escuela donde hemos de habituar al niño, al ciudadano, al cumplimiento del deber. Este es el tema de mi discurso.

—¡Hermoso! —dice un periodista.

—¡Magnífico! —exclama otro.

—¡No hay otra solución! —añade un tercero.

Se acerca el final del viaje. En la estación de la capital de provincia han salido a esperar al ministro el gobernador, el obispo, el delegado de Hacienda, el presidente de la Audiencia, gran muchedumbre de curiosos. (Es día de fiesta). El tren se detiene. El ministro se apea.

—Señores —dice—, tengo una verdadera satisfación...

VIII
EL MINISTRO EN PROVINCIAS

Han salido a esperar al ministro el obispo, el presidente de la Diputación, el gobernador civil, el gobernador militar, el presidente de la Audiencia, el alcalde, el delegado de Hacienda y otras muchas distinguidas personalidades. El ministro pronuncia unas palabras —elocuentes— y saluda a todos. Desde la estación, el ministro se va, en el coche del obispo, a orar ante la Virgen del Consuelo. Ora ante la Virgen el ministro y le enseñan todas las maravillas de la catedral. Recorren todo el vasto ámbito; van en procesión, acompañando al ministro, quince canónigos, el cronista de la ciudad, cuatro o seis clérigos más, el obispo, el alcalde, el jefe del partido conservador de la provincia, dos senadores, tres diputados a Cortes, el director de *El Eco Regional*, el presidente de La Confianza (el casino principal de la ciudad), cuatro diputados provinciales, dos ex alcaldes... Todo el grupo marcha lentamente por la catedral; entra en las capillas; se detiene ante un retablo o un sepulcro. Se hace el silencio. Un canónigo explica prolijamente la historia y los méritos del sepulcro o de la tabla. Todos contemplan admirados la obra de arte.

—Fíjese usted, señor ministro — dice el obispo—, esto es del siglo XV.

—¿Del siglo XV? —pregunta el ministro, por decir algo.

—Sí, evidentemente —corrobora un canónigo, acercándose a la tabla y dando unos golpecitos en ella—. Vea usted estos detalles; estos detalles son peculiares de Domingo Urbosa, el gran pintor del siglo XV. No había nadie que pintara las manos como él.

—Sin embargo —añade el ministro—, diríase que...

—Sí, sí —interrumpe el canónigo—; hay opiniones; se dice que muchas de las figuras de Urbosa no las pintaba él, sino su discípulo Enríquez; pero a simple vista se distingue lo que es de Enríquez y lo pintado por Urbosa.

El ministro no sabe quién es Urbosa, ni quién es Enríquez, ni tiene opinión ninguna sobre la pintura. De las tablas pasan a las rejas; luego, a la sillería del coro; luego, a los ornamentos de la sacristía; luego, al órgano; luego, a la cripta; luego, al claustro...

—Mire usted, señor ministro, ese capitel es único en España —dice el obispo—. Es netamente infundibuliforme...[8]

—¿Netamente qué? —pregunta vivamente el ministro sin poder contenerse.

—Infundibuliforme —repite el obispo—: pero con la circunstancia de...

—Pero bien, señor obispo —interrumpe el ministro—, yo recuerdo haber visto...

Dos o tres voces de canónigos atajan:

—¡Ah, no, señor ministro! El otro capitel que se quiere suponer igual a este, el de Poblet, es mucho menos infundibuliforme que este.

—¡Ah, sí! Desde luego —exclama el ministro—. Mucho menos infun...

Y el ministro se detiene sin poder pronunciar la palabreja.

Pero el obispo, sonriendo benévolamente, dice:

—¡Vamos, señor ministro, no nos quiera usted arrebatar lo que constituye nuestro legítimo orgullo!

—¡Por Dios, señor obispo! —exclama el ministro—. ¡Nada tan lejos de mi ánimo!

El ministro no sabe nada de capiteles, ni le importa nada este ni el de Poblet.

[8] infundibuliforme: (DRAE) en forma de embudo.

Y continúa el desfile ante tablas, rejas, sepulcros, imágenes, joyas, columnas, altares, vidrieras. A las once es la recepción en el Ayuntamiento. El ministro se marcha corriendo. Lleva toda la cabeza llena de datos, siglos (el XIII, el XIV, el XII, el XV); de pintores, de escultores, de condestables muertos, de fundadores de capillas, de retablos, órganos, cálices, palios, baldaquinos, rejas.

En el Ayuntamiento el ministro tiene que pronunciar un discurso. Habla de la patria, del deber, del trabajo, del heroísmo.

«¡El trabajo —exclama— es la virtud de los pueblos!»

Después piensa que lo que ha dicho del trabajo debía decirlo en una visita que va a hacer por la tarde a una fábrica. Pero es lo mismo. Aquí, en el Ayuntamiento, debía haber hablado de los deberes cívicos; pero hablar del trabajo en cualquier parte está bien. En el Ayuntamiento ha de admirar también el artesonado de la sala capitular. Todos están con las caras levantadas al techo.

—¡Magnífico! —exclama el ministro, cansado ya de la incómoda postura.

—Mire usted aquí, en el centro, este recuadro —dice el alcalde—; no se puede llegar a más.

—¡Magnífico, magnífico! —dice el ministro mirando a otra parte.

El libro becerro que le enseñan al ministro es también estupendo. Después es preciso examinar dos cartas-pueblas y el ejemplar de la célebre pragmática de Felipe V, en 1724, mandando que los horneros de la ciudad estén libres de pechos. El cronista refiere largamente este curioso episodio. Los horneros de la ciudad, en tiempos de la guerra de Sucesión... La música, que comienza a tocar, impide el que se oigan bien las palabras del cronista. Todo el grupo que rodea al ministro se dirige hacia los balcones para admirar la labor forja del barandado. A la una y media se celebra el banquete en la Diputación. Antes es preciso visitar la famosa Casa de las Damas. La Casa de las Damas (llamada así por doña Berenguela, esposa de Alfonso el Indolente, y su hermana Catalina) es de un puro estilo gótico. El ministro y sus acompañantes admiran el patio, la escalera, las columnas, los techos. El ministro tiene que poner un pensamiento en el álbum. «El arte consuela y dignifica la existencia —escribe el ministro—. La belleza nos eleva a las regiones del ideal». Tantas explicaciones históricas, tantos cuadros, artesonados, capiteles, ventanas, grecos, frisos, hierros, tienen mareado al ministro. En el gran banquete de la Diputación, el ministro pronuncia un discurso elocuentísimo. Recuerda las tradiciones de la ciudad (vagamente, en forma que esto de las tradiciones se pueda aplicar lo mismo a Burgos que a Cuenca, a Sevilla o a Badajoz); afirma que sólo el cumplimiento del deber, por parte de los ciudadanos, puede salvar a los pueblos; se extiende en consideraciones sobre las virtudes de la raza; sostiene que el trabajo (¡otra vez el trabajo!) es la gran virtud que engrandece las naciones; hace un llamamiento al patriotismo de todos y expresa su esperanza de que España volverá a vivir los días grandiosos de su pasado espléndido...

Una atronadora salva de aplausos acoge las últimas palabras del ministro. Este discurso se reputa como uno de los más hermosos que ha pronunciado el gran orador. Sin embargo, un periodista local (de oposición) opina que el orador no ha dicho nada. La opinión del periodista es oída por un ex diputado provincial amigo del ministro; se enzarzan los dos en una viva discusión; intervienen otras personas; se produce un ligero tumulto. «¿Qué es? ¿Qué es?», comienza a preguntar la gente. El alcalde interviene discretamente y queda sofocado el alboroto sin que llegue a oídos del ministro.

A las tres y media sale el ministro en automóvil para visitar el histórico castillo de la Mota. (En todas las viejas ciudades hay un castillo de la Mota.) No quedan del castillo más que ruinas; pero estas ruinas sirven para que los acompañantes del ministro hablen largamente de

Alfonso el Batallador, Fernando III, Don Juan II, Castilla, Aragón, la unidad de España, la conquista de América. Y de paso, el conservador del castillo (12.000 pesetas de sueldo) diserta sobre trincheras, barbacanas, adarves, almenas, machones, parapetos, poternas, rastrillos, reductos, cortinas, contramuros... Uno de los circunstantes, autor de sainetes locales, hace un chiste político sobre los matacanes o ladroneras, sin pensar que está delante el ministro. Se produce una pausa embarazosa; nadie se atreve a decir nada. El ministro y el sainetero se miran en silencio.

Mirábase el uno al otro, y a todos tiembla la barba.

El conservador del castillo grita, al fin, fingiendo entusiasmo: «¡Esto sí que es interesante!». Todos acuden, y el conservador les explica la particularidad curiosa de un baluarte, y comienza a explicar también las diferentes clases de baluartes que existen: a tenaza, compuesto, de orejones, cortado, destacado, real, romo, regular.

El tiempo va pasando. A las cinco, el ministro ha de ir a visitar La Gallarda (fábrica de pastas para sopa: Cerezo Hermanos). La Gallarda es propiedad de don Bernardo Cerezo y de su hermano Joaquín. Don Bernardo es el jefe de los conservadores de la provincia.

Hay un arco de ramaje en la puerta. Todos los obreros esperan con sus trajes de domingo.

—¿Por qué se llama La Gallarda esta fábrica de pastas para sopas? —pregunta el ministro.

—Se llama La Gallarda —contesta don Bernardo— porque la inauguró el Gallardo, cuando dio aquí una célebre corrida el 8 de julio de 1899, después de tomar la alternativa en Madrid. Mi padre era muy amigo del Gallardo y gran aficionado a toros.

Recorre la fábrica el ministro. Se le explica el funcionamiento de las máquinas. Las explicaciones que se dan del funcionamiento de las máquinas nunca se entienden.

—Este depósito sirve para la harina: de aquí pasa la harina a otro recipiente; la polea aquella mueve este engranaje; pero cuando comienza a funcionar este engranaje, aquella otra rueda que hay allí va poco a poco haciendo que otra rueda que hay debajo de este tablero se ponga en movimiento e impulse aquella palanca; la palanca aquella hace girar unas aspas que baten la pasta, y la pasta luego baja por este conducto hasta aquel otro depósito...

El estrépito es espantoso en la fábrica. Todos hablan a gritos. El ministro dirige la palabra a los obreros. Ensalza las virtudes del trabajo (¡siempre el trabajo!); excita a todos a que cumplan con su deber de padres de familia y de ciudadanos; pone el ejemplo de las grandes naciones que han sabido elevarse por su esfuerzo industrial; exhorta a los obreros para que no den crédito a las doctrinas disolventes, creadoras de sangrientos conflictos sociales; termina recordando que él ha sido siempre un defensor entusiasta de las reivindicaciones obreras «en lo que tienen de justas y en tanto que se desenvuelvan dentro de las leyes». En el álbum de la fábrica, el ministro escribe también: «Si el trabajo es el alma de las naciones, el ahorro es el sostén de la familia». A las seis, el casino La Confianza da un té en honor del ministro. A las ocho se celebra la comida que los alcaldes de la provincia ofrecen al ministro. Otro gran discurso pronuncia el ministro en esta comida. Habla del porvenir de España, del pasado, de los deberes del ciudadano. Sostiene la tesis de que sólo el trabajo (¡todavía el trabajo!) es el que engrandece los pueblos; dice que la raza española puede ser materia espléndida para un renacimiento de la nación; confía en que cada cual, comprendiendo la gravedad de la hora presente, sepa cumplir con su deber; muestra al final un generoso optimismo en cuanto al porvenir de España.

—¿Ha tomado usted notas? —le preguntan a un periodista.

—No; pero es igual.

—¿Por qué?

— Porque no ha dicho nada.

El anterior diálogo ocasiona otra vez un vivo incidente. Se cruzan frases violentas. Intervienen amigos y el escándalo no trasciende al resto de los comensales.

Del banquete, el ministro se marcha al teatro principal, donde se celebra en su honor una función de gala. Y a la una de la madrugada el ministro se retira al hotel a descansar.

IX
EL PARLAMENTO

La sesión se abre a las tres y media. Dura cuatro horas. La primera hora está destinada a ruegos y preguntas. A esta hora hay pocos diputados en el salón. El ambiente es plácido.

En el pasillo central van y vienen algunos diputados en espera de que comience la tarea; se hallan con ellos los periodistas encargados de la diaria información.

—¿Va usted a hacer ahora una pregunta? —le dicen a uno de los diputados.

—Sí —contesta este—; quiero preguntar algo al ministro de la Gobernación.

—¿Es algo de cuidado?

—¡Es un atropello terrible! Figúrese usted que...

En este momento pasa rápidamente otro diputado, coge del brazo al que estaba hablando y se lo lleva hacia una de las puertas del pasillo.

—¿Ustedes saben —dice un periodista— lo que va a preguntar ese señor?

—¡Alguna simpleza! —exclama un compañero.

Los timbres llamando a sesión comienzan a sonar. Aparece otra vez en el pasillo el diputado que va a preguntar. Hace su aparición, precedido de los maceros, el presidente de la Cámara. Viene detrás el ministro de la Gobernación. Al ver el ministro al diputado preguntante, le dice:

—¿Va ahora eso?

—Sí —contesta el interrogado—; allá voy.

Entran todos en el salón.

Comienza a hablar el diputado aludido. Se trata de un cartero de Val de Póziga, con diez años de servicios, que ha sido de pronto declarado cesante. El hecho es verdaderamente escandaloso. ¿Cómo explica el ministro esta arbitrariedad? ¿Qué justificación tiene este abuso de la fuerza?

El ministro de la Gobernación se levanta a contestar. Lo primero, elogia la buena fe, la sinceridad, la corrección del diputado («su querido amigo particular») que acaba de hablar. Pero el hecho denunciado merece una consideración especial.

El ministro desconoce los hechos en absoluto. No duda del relato que acaba de hacer el digno diputado señor Fulano; pero el ministro ha de ponerse en antecedentes para poder decidir acerca de una tan grave resolución.

El diputado preguntante se levanta otra vez a hablar. Insiste en el relato de los hechos que acaba de referir. Narra minuciosamente otra vez todas las circunstancias de la vida del cartero de Val de Póziga. Se trata de un funcionario honradísimo; varios vecinos del pueblo han atestiguado que el dicho empleado de Correos... (Aquí un largo relato de cosas que los tales vecinos han dicho). El orador termina haciendo algunas consideraciones sobre el servicio de Correos en España y en el extranjero.

Y vuelve a levantarse el ministro. Tomando pie de las últimas frases pronunciadas por el orador, el ministro hace un rápido examen del servicio de Correos en España y del servicio de Correos en el extranjero. Pero el ministro, al hablar del servicio de Correos en España, ha hecho mención de un libro publicado en Barcelona sobre las Comunicaciones y la Mancomunidad, y en este momento, un diputado catalán, representante de los nacionalistas, pide la palabra. Y cuando termina el ministro, el diputado catalán pretende hablar, pero el presidente de la Cámara se opone a ello terminantemente.

—¿Para qué quiere su señoría la palabra?

—Para una alusión personal.

—El señor ministro de la Gobernación no ha aludido, ni de cerca ni de lejos, a su señoría.

—Perdone el señor presidente; el señor ministro de la Gobernación acaba de hablar del libro *Las Comunicaciones y la Mancomunidad de Cataluña*; ese libro lleva un prólogo mío; el señor ministro al hablar de los servicios de correos en España, servicios que todos aplaudimos, servicios prestados por funcionarios que merecen todos nuestros respetos, pero servicios que dicho sea en honor de la verdad, y aquí en este recinto debemos decir toda la verdad, porque si no la dijéramos, el país que nos contempla a todos...

El presidente agita nerviosamente la campanilla y grita:

—¡Pero señor Fulano, estamos en una pregunta del señor Zutano sobre destitución de un cartero! Yo ruego a su señoría que desista de su intervención parlamentaria...

El diputado catalán contesta airado, violentamente:

—¡Señor presidente! ¡Estoy ejerciendo un derecho que me concede el reglamento! ¡Esto es intolerable!

El tiempo ha ido pasando. Se ha llenado de diputados el salón. A las voces del presidente y del diputado catalán, han entrado precipitadamente en la tribuna de la prensa los periodistas. Se presiente un gran escándalo. Los ánimos comienzan a enardecerse. Se ve que se puede plantear un borrascoso, sensacional debate.

El presidente de la Cámara insiste en negar la palabra al diputado catalán. Pero han llegado sus compañeros de minoría —diez o doce diputados más— y se preparan a apoyar enérgicamente a su camarada. Al día siguiente, en Barcelona, se ha de celebrar una manifestación en memoria del héroe Casanovas. Los diputados catalanes han de salir esta tarde para la gran ciudad. Les conviene promover un escándalo formidable que avive y apasione los ánimos en Barcelona, y haga que una muchedumbre inmensa salga a esperar a los diputados y acuda luego a la manifestación. (Además, el Gobierno tarda en conceder seis millones más que se han pedido para la Exposición de Industrias Marítimas de Barcelona, y los catalanes quieren hacerle la forzosa al Gobierno). El presidente se niega a conceder la palabra al diputado catalán. Parte de la Cámara —la mayoría parlamentaria— apoya al presidente; las izquierdas secundan la actitud de los diputados catalanes. Cada minuto que pasa el estrépito de voces, golpazos, interrogaciones, gritos, es mayor. Se ha avisado al presidente del Consejo, que entra en el salón precipitadamente. Se ve cómo, ante la negativa del presidente de la Cámara a dejar hablar a los catalanes, estos están preparando una proposición incidental de censura al Gobierno. Han firmado la proposición algunos diputados socialistas y republicanos. Pero el presidente del Consejo se levanta a hablar.

—Señores —dice el presidente—: lamento en el fondo de mi alma que la Cámara haya llegado a un grado tal de excitación por un motivo tan nimio...

Pero los diputados catalanes interrumpen, vociferando, al presidente, poniéndose todos de pie.

—¡No, no! ¡Por una cuestión de dignidad! ¡De dignidad para Cataluña!

El presidente del Consejo, tranquilamente, con suavidad, añade sonriendo:

—¿Por una cuestión de dignidad? ¿Por una cuestión de dignidad para Cataluña la destitución del cartero de Val de Póziga?

Estas palabras del presidente del Consejo y su apacible sonrisa son tomadas por una provocación intolerable, por una burla para los diputados catalanes. Se promueve un vocerío espantoso. El presidente de la Cámara quiere cortar el incidente y anuncia que, habiendo terminado las horas destinadas a ruegos y preguntas, se va a entrar en el orden del día. Y entonces es cuando, puestos en pie catalanes, izquierdistas y monárquicos de la oposición, protestan a voces contra la decisión del presidente de la Cámara. Se está debatiendo algo que afecta a la dignidad de una de las minorías de la Cámara; todas las demás minorías se creen obligadas a defender el derecho de sus compañeros.

De repente, a un diputado de la mayoría se le ocurre gritar: «¡Viva España!». Y a este grito contestan los catalanes y los izquierdistas con vociferaciones terribles, iracundas. Ya está en pleno parlamento la cuestión del patriotismo. La ira enciende todos los ánimos. De la tribuna de la prensa salen gritos que se acuerdan con las voces proferidas en el salón. Un diputado de la izquierda ha replicado con unas violentas palabras al diputado que gritara «¡Viva España!». El que ha dado este grito, por toda respuesta baja precipitadamente de su escaño y atraviesa el salón con el bastón en alto; intenta bajar a su encuentro, también, el diputado socialista; grupos de uno y otro bando se apiñan en torno a los diputados. La confusión es enorme. El escándalo es de los más grandes de nuestro parlamento. El público de las tribunas discute a gritos. En medio de la tremenda baraúnda, el presidente de la Cámara agita la campanilla y levanta la sesión...

Al día siguiente se celebra en Barcelona una manifestación formidable y tumultuosa. La fuerza pública acomete a la multitud. Hay dos muertos y veinte heridos. Todos los periódicos de España claman luego airados contra la «barbarie» y la «torpeza» del ministro de la Gobernación. Se publican violentos artículos sobre la cuestión catalana. Se discute calurosamente sobre el patriotismo. Se habla de crisis. Se produce la crisis. Hace cosa de un mes la señora del presidente del Consejo ha perdido en la calle un perrito. La señora del presidente adora a este perrito. Uno de los contertulios de la casa, senador vitalicio, recorre afanosamente todo Madrid en busca de la adorada bestezuela, y la encuentra. La señora del presidente, agradecidísima, entusiasmada, ansía hacer ministro a su amigo. Se aprovecha la primera coyuntura para una combinación ministerial. Sale del Gabinete el ministro de la Gobernación.

Algunos días después, en el Casino, el diputado que hizo la pregunta en el Congreso y varios amigos suyos comentan la crisis.

—Lo curioso del caso —dice el diputado— es que el cartero de Val de Póziga, que fue destituido, lo fue por haber sustraído varias cartas del correo a instigación del cacique que yo tengo en dicho pueblo.

—¡Qué enormidad! ¿Y usted lo sabía?

—Lo sabía; pero no tuve más remedio, para complacer al cacique, que hacer la pregunta al ministro; el ministro lo sabía también. Yo estuve por la mañana en su despacho y convinimos amigablemente en lo que yo había de decir y lo que había de contestar él... ¡Y ya han visto ustedes!

X
ARTIFICIOS USADOS

EL «GRAN INTERÉS»

El ilustre parlamentario hace seis días que se ha posesionado de la cartera. En el despacho del ministerio se reúnen todos los días, a una hora discreta, todos los amigos íntimos del ministro. Los cargos del ministerio han sido repartidos entre los allegados. Muchos amigos se han marchado a provincias; en provincias ocuparán los gobiernos civiles. Otros, desde las covachuelas donde tienen su pitanza, vienen al despacho del ministro a la hora de la tertulia.

—¿Y Cifuentes? —pregunta un día el ministro—. ¿Qué se hace Cifuentes?

Cifuentes es uno de los más fervorosos amigos del gran parlamentario. Asiste de continuo a su tertulia; pero desde que el ilustre orador ha entrado en el ministerio, Cifuentes ha dejado de acudir a las amigables reuniones. El ministro sabe demasiado lo que le pasa a Cifuentes; pero ha querido hacer la pregunta con aire de inocencia.

Transcurren tres o cuatro días más y Cifuentes no se presenta. El ministro llama a uno de los contertulios y le dice:

—¡Hombre! Dígale usted a Cifuentes que se deje ver por aquí. ¿Usted le ve? ¿Usted sabe si le pasa algo?

El ministro sabe perfectamente lo que le sucede a Cifuentes. Pero, un poco descorazonado por su ausencia, se ha decidido a mandarle un recado. Al día siguiente llega Cifuentes. Se produce en la tertulia un movimiento de viva simpatía. Se le dirigen frases afectuosas a Cifuentes. El ministro se ha levantado presto, se ha dirigido a Cifuentes y le ha dado un fuerte abrazo. Y después se lo ha llevado al hueco de una ventana. Es sabido que la mayor muestra de distinción que puede dar un político es llevarse a un visitante al hueco de una ventana. La conversación en el hueco de una ventana quiere decir: confianza; confianza que no se otorga sino a pocos; afecto; secreto; secreto que no se confía sino a contadísimas personas; paridad momentánea, pero paridad, que el grande hombre, al hablar con entera confianza, establece entre su elevada persona y el modesto visitante...

—Mire usted, Cifuentes —le dice el ministro a su amigo—; yo le quiero a usted sinceramente, efusivamente. En la combinación de gobernadores usted no ha podido ir. Lo he sentido en el alma; pero yo tengo el compromiso con usted de no olvidarle, de corresponder a su afecto...

Las últimas frases copiadas son un poco vagas. Pero el político ha de tener siempre la precaución de no remachar la promesa, de no prometer nada definido y completo. La vaguedad se impone siempre en la promesa. Y para que la vaguedad pase sin ser desagradable en el ánimo del amigo, se deben envolver siempre las palabras vagas en sonrisas, palmadas afectuosas, abrazos estrechos y cariñosos. Además, pronúnciense rápida y atropelladamente las dichas palabras vagas. Y no es preciso cerrar y terminar la oración. Se termina con un abrazo. Por ejemplo: «¡Ya sabe usted que yo, querido...! ¡Hombre, yo para usted soy...! ¡Usted a mí me pide... y yo con usted...!». Y en seguida, abrazo, palmadas en el hombro, risas cariñosas, exclamaciones de afecto.

—He sentido mucho, querido Cifuentes, que no haya venido usted por aquí en tantos días —dice el ministro.

—Querido don Andrés —replica Cifuentes, complacido, pero con una cierta gravedad—; querido don Andrés, yo he querido no importunarle a usted durante esos momentos del reparto de cargos.

—¡Cómo! —exclama el ministro—. ¡Usted no me molesta a mí nunca! Yo di el nombre de usted para la lista de gobernadores; pero se cruzaron otras influencias. No pudo ser. Pero... hemos de estar en el Poder mucho tiempo; acabamos de llegar. ¡Usted sabe, querido Cifuentes... mi afecto hacia usted... el gran interés que yo tengo...!

El ministro vuelve a abrazar a Cifuentes. Charlan los dos afectuosamente durante un rato. Luego, abandonan el hueco de la ventana y se reintegran a la tertulia.

Al cabo de un mes, un amigo le dice a Cifuentes:

—No sabe usted lo que le quiere don Andrés. Ayer no vino usted a la tertulia; estuvimos hablando de usted; don Andrés tiene un gran interés por usted. Le estuvo elogiando a usted en términos de gran entusiasmo.

Cifuentes escucha complacido las cariñosas referencias de su amigo. Pero seis días después se producen tres vacantes de gobernadores civiles. Una de las vacantes es ocupada por un pariente de don Andrés. Cifuentes se ausenta durante una semana de la tertulia. El ministro pregunta por él; más tarde le manda un recado. Y, entretanto, se expresa con el mayor elogio de Cifuentes, cuando habla de él. Algo cuesta el hacer que Cifuentes vuelva a la tertulia; al cabo aparece. El ministro se lo torna a llevar al hueco de la ventana. De nuevo, don Andrés abraza a Cifuentes y le manifiesta el gran interés que por él tiene. Y otra vez Cifuentes queda, si no convencido, apaciguado. Y en la primera combinación de gobernadores tampoco aparece el nombre de Cifuentes...

«No lo he leído»

Una mañana se publican en todos los periódicos las declaraciones sensacionales que ha hecho en provincias un político.

Todos los periodistas exponen copiosos comentarios. Todos dan su opinión, apasionada o imparcial, sobre las tales declaraciones. No se habla durante el día de otra cosa en Madrid. En las calles, en los casinos, en los pasillos del Congreso, el tema de las conversaciones es el de las manifestaciones indicadas. Por la noche, los periodistas, en su conversación diaria con el jefe del Gobierno, preguntan a este si ha leído las declaraciones de que todo el mundo habla. El presidente del Consejo permanece un momento en silencio, como meditando, y luego pregunta a su vez:

—No sé a qué se refieren ustedes. ¿Qué es ello?

Por la mañana, a primera hora, apenas leídos los periódicos, el presidente ha tenido una larga conversación con el ministro de la Gobernación y con el de Gracia y Justicia sobre las declaraciones indicadas. Ya durante la noche anterior, el gobernador de la provincia donde tales declaraciones han sido hechas, había telegrafiado también extensamente. Luego, a mediodía, y por la tarde, el presidente ha estado hablando con unos y con otros de las declaraciones famosas.

Los periodistas contestan a la pregunta del presidente. Le explican en qué consisten las declaraciones de que tanto se habla.

El presidente escucha atento y dice:

—No estoy enterado de nada. Ignoro en absoluto el asunto de que ustedes me hablan. Procuraré enterarme. Ahora no puedo adelantar juicio.

La frase «adelantar juicio» es fundamental en la política española. Ningún político español puede nunca «adelantar juicio». No sabemos si porque no lo tienen, o porque juzgan que no en todos los momentos se le puede tener.

No «adelantan nunca juicio» los políticos españoles; pero no llega tampoco, luego, el instante en que, en suma, oportunamente, ofrezcan su juicio los políticos españoles.

«El presidente del Consejo no puede adelantar juicio». Respecto a leer las cosas que todo el mundo lee, un presidente del Consejo no sólo no debe leerlas, sino que debe ignorar que se han escrito. Cuando se es simplemente ministro, ya se puede saber que se han escrito; pero se ha de añadir que no se han leído. Y únicamente, un gran político español, cuando no ocupa cargo, cuando se está, por ejemplo, durante el verano en una playa lejana de Madrid, en una tertulia íntima de dos o tres amigos, a la hora del baño; únicamente entonces, en un momento de negligencia y de abandono; únicamente entonces, es cuando un gran político puede decir que ha leído dos o tres líneas de un artículo sensacional que todo el mundo comenta y del que todo el mundo habla.

El arte de conferir

El capítulo de las entrevistas políticas tendría que ser muy largo. Ha soñado el autor de este libro con escribir alguna vez un grueso *Manual del perfecto conferidor*. El conferir con los políticos españoles reclama un arte especial. Se ha de contar siempre con la rectificación subsiguiente.

El político lanza sus manifestaciones como se lanza un globo de prueba para saber la dirección de los vientos. Si con las manifestaciones se producen los efectos que él esperaba, el político asume la responsabilidad de la conferencia. Si se producen efectos contrarios, el político invariablemente niega veracidad a la conferencia. No niega el político el hecho de la conferencia; ni muchas de las palabras pronunciadas. Pero esas palabras «han sido mal interpretadas». Y el gran orador da en la rectificación el verdadero sentido de las palabras que él ha dicho.

Pero los políticos no saben ellos mismos lo que piensan. Este continuo afirmar y rectificar lo demuestra. Y en el imaginado *Manual del perfecto conferidor* se establecería, como base esencial del arte de conferir, la conveniencia de que el periodista llevase de antemano redactada su conferencia cuando vaya a entrevistarse con un político.

XI
LA REFORMA CONSTITUCIONAL

El señor presidente del Consejo —gloria del liberalismo español— sale de su casa para dirigirse a la presidencia. Un criado —en el recibimiento— le alarga el bastón y el sombrero. El presidente sale canturreando una cancioncilla. Al tomar el bastón y el sombrero, mira el perchero y ve en él colgados tres sombreros espléndidos de teja; uno de ellos tiene un cintillo verde y unos borlones verdes también. El presidente se detiene ante el criado y le dice:

—Oye, Diego; ya te he dicho otra vez que esos sombreros...

—Perdone el señor —ataja prestamente el criado—; es que hay una reunión de Damas Catequistas...

Y el presidente, con bondad, paternalmente:

—Yo no quiero saber si hay o no reunión de Damas Catequistas...

El criado vuelve a interrumpir:

—Es el señor obispo de Mirópolis, el padre Blavius y el provincial de los Afeccionistas...

—Está bien; está bien —dice con dulzura el presidente—; serán esos señores que dices. Lo que yo te digo, Diego, es que no quiero que esos sombreros de teja estén aquí, en el perchero; a lo mejor puede venir un periodista, lo cuenta en su periódico y tenemos un disgusto.

El criado ha salido a abrir al presidente la portezuela del ascensor. Cuando ha entrado ya en el ascensor —para bajar—, el presidente llama al criado y le dice:

—Mira, Diego: cuando salga el señor obispo le dices...

El presidente se detiene perplejo; luego añade:

—O si no, ya le escribiré yo. Nada.

Y el presidente reanuda la cancioncilla que había comenzado a tararear.

En la Presidencia, el presidente va a celebrar una importantísima conferencia con el jefe de los regeneradores. El jefe de los regeneradores —orador egregio, gloria también del liberalismo español— ha predicado en el país la reforma de la Constitución. Lo importante, lo trascendental en la reforma de la Constitución es la cuestión religiosa. Es preciso ir a la reforma del artículo II. Con el artículo II es imposible la libertad religiosa; ese artículo se opone a la práctica de cualquier culto —práctica externa— que no sea el del catolicismo. El jefe de los regeneradores ha contraído con la opinión liberal solemne compromiso de acometer la reforma del artículo II. Y el Ministerio actual encuentra su fuerza en el apoyo decidido, generoso, entusiasta, que le prestan los regeneradores.

Ha llegado a la Presidencia —con media hora de retraso— el insigne parlamentario, jefe del partido regenerador. El presidente se hallaba conferenciando con el nuncio de su santidad, y el gran orador ha tenido él, a su vez, que esperar otra media hora. La conferencia con el presidente es esperada con ansiedad por la prensa y por la opinión. En ella se han de establecer las bases para la reforma constitucional. El presidente y el eminente orador se abrazan, al verse, con una gran efusión. Los dos se quedan solos en el despacho de la Presidencia.

—El asunto —dice el presidente— es delicado; debemos hablar con todo detenimiento.

—Lo malo es —replica el jefe de los regeneradores— que yo he llegado tarde, y que, además, he de ir, sin falta, al colegio de los padres afeccionistas; tengo allí a mis nietos, y...

—¿Usted tiene a los chicos en los afeccionistas? —pregunta el presidente—. Yo tengo un sobrino y dos nietos en los jesuitas.

—Pero yo creo que los afeccionistas son superiores a los jesuitas —replica el gran orador.

—¿Usted cree que los afeccionistas son superiores a los jesuitas?

—¡Evidentemente! ¿Usted no conoce esa orden? Es nueva.

—Algo he oído hablar de ella. Pero, sin embargo...

—El colegio es magnífico; está admirablemente situado. Pero lo importante es el espíritu, los métodos de enseñanza.

—Tengo cierta desconfianza por esas órdenes nuevas...

—No, no; como pedagogos, los padres del Sagrado Afecto son una notabilidad.

—¿Más que los agustinos?

—Más que los agustinos y que los jesuitas. Yo le mandaré a usted el reglamento del colegio; creo que no me ciega la pasión; yo estoy satisfechísimo.

Y el presidente del Consejo y el jefe de los regeneradores continúan hablando, durante largo rato, de los afeccionistas, de los jesuitas, de los agustinos, de los dominicos, etc., etc. Los representantes de los periódicos han acudido a la Presidencia; esperan la terminación de la importantísima conferencia.

—Bueno —dice el presidente—; puesto que lo que tenemos que tratar es delicado, y necesitamos hacerlo despacio, si a usted le parece...

—Debemos ya tratar sobre bases firmes —replica el gran orador.

—En ese caso, voy a reunir el Consejo de ministros.

—Sí, reúna usted el Consejo de ministros, y con lo que delibere ustedes, podremos después discutir en concreto.

Por la noche, a la mañana siguiente, los periódicos hablan de la importantísima conferencia celebrada entre el presidente del Consejo y el jefe de los regeneradores. La prensa conservadora y tradicionalista publica tremendos artículos contra la reforma constitucional. Los órganos liberales hacen discretas suposiciones sobre las materias tratadas en la conferencia del presidente y del gran orador. Se cree, con fundamento, que en esa conversación ha quedado convenida la reforma del artículo II.

Al terminar la entrevista, el presidente ha llamado al subsecretario y le ha ordenado que cite a los ministros para el próximo jueves. El subsecretario telefonea a los ministros; pero el de Gracia y Justicia dice que agradecería mucho que el Consejo se celebrara otro día; el jueves ha de asistir él a la consagración del nuevo obispo de Segovia, antiguo amigo suyo. El presidente decide que el Consejo se celebrará otro día; el viernes el ministro de Fomento ha de asistir a la toma de hábito de una sobrina suya, que profesa en el convento de las Descalzas. El Consejo se celebrará el sábado.

El sábado sale de su casa el presidente canturreando en voz baja, apaciblemente. Un criado le alarga el bastón y el sombrero. Levanta la cabeza el presidente y ve en el perchero tres magníficos sombreros de teja; uno de ellos tiene un cintillo y unos borlones verdes.

—Oye, tú, Perico —le dice con dulzura el presidente al criado—, ya te he dicho que no quiero que esos sombreros estén ahí...

—Perdone el señor —replica el criado—, yo no sabía nada.

—Es verdad —rectifica con bondad el presidente—; lo dije a Diego, y Diego debió decírtelo a ti. Pero ya lo sabéis los dos; no me pongáis en el recibimiento esos sombreros; colocadlos allá dentro...

En el Consejo de ministros se trata de la reforma constitucional. El presidente pronuncia unas breves y discretas palabras sobre la importancia del problema, y pide su opinión a los ministros. El de Gracia y Justicia cree que se debe volver a la Constitución del 37; el artículo II de la Constitución de 1837 es el único que puede resolver el problema sin suscitar violentas pasiones. El de Hacienda opina que el texto de la Constitución de 1869 es el que debe ser adoptado. Pero el ministro de Instrucción Pública propone que se adopte el texto de la Constitución de 1856; mas con una adición en sentido conservador. Pero, sin duda, el ministro de Instrucción Pública confunde la Constitución de 1856 con alguna otra, la del 76 o la de

1808, puesto que —dice el ministro del Trabajo— «poner una adición conservadora a un texto conservador sería francamente absurdo». Pero el ministro de Instrucción Pública dice que él no confunde nada, y cita el artículo II de la Constitución de 1856, que luego resulta que no es de la Constitución de 1856, sino de la de 1869. Y todos los ministros se enredan en un largo y apasionado debate sobre las Constituciones españolas: la de 1808, la de 1812, la de 1837, la de 1845, la de 1856, la de 1869... Al fin, el ministro de Fomento, en un extenso discurso, se muestra partidario de la reconstrucción material del país (caminos, pantanos, ferrocarriles, etcétera), y no de las peligrosas reformas religiosas, que seguramente provocarán una nueva guerra civil.

El presidente del Consejo ha permanecido silencioso durante toda la discusión.

—Señores, queridos compañeros —dice cuando el debate ha terminado—, yo deseaba hacer a ustedes algunas indicaciones...

Se detiene el presidente y busca algo afanosamente en sus bolsillos. Pero lo que busca el presidente no está ni en el bolsillo interior de la americana, ni en los bolsillos del exterior.

—Estaba buscando —dice el presidente— una nota que deseaba leer a ustedes y que iba a servirme de base a mis observaciones.

El presidente torna a escudriñar en sus bolsillos. Al cabo, saca del bolsillo del chaleco, envuelto en algunas monedas que caen al suelo, un papelito plegado en tres o cuatro dobleces.

—Esta es —dice el presidente— una nota de un discurso de Ríos Rosas, en 1854, cuando se discutía la libertad religiosa... Decía Ríos Rosas que no se podía consignar en la Constitución la libertad de cultos, porque en España podía haber indiferentes o incrédulos, pero no disidentes, y no habiéndolos, no se puede pedir la libertad religiosa. Fíjense ustedes en las palabras de Ríos Rosas; son notables.

No habrá nunca disidentes del catolicismo en España...
Verán ustedes...

Y el presidente, con el papel en una mano, trata de ponerse los lentes con la otra; pero los lentes caen al suelo; el presidente se inclina para recogerlos. Los lentes se han roto, y el presidente pronuncia unas sentidas palabras lamentando la tal rotura.

—¡Mal augurio! —exclama el ministro de Gracia y Justicia.

—Sí, mal augurio —corrobora el presidente del Consejo.

Y luego, bondadosamente, con paternal dulzura:

—Queridos amigos, dejaremos esto para otro día...

XII
LAS MEMORIAS DE PERALEJO

Don Marcial Peralejo, coronel retirado, se dispone a meterse en su despacho para seguir escribiendo sus *Memorias*.

—Asunción —le dice a su mujer—, ¿lo habéis preparado todo?

—Todo está preparado —contesta doña Asunción.

—¿Está allí la cafetera con el café?

—Allí está la cafetera con el café.

—¿Está bien reconcentrado el café?

Petrita, la hija, que se halla presente, dice:

—Sí, papá; lo he hecho yo misma; está muy cargado.

—¿Me habéis puesto la manta para que me abrigue las piernas?

—Sí, papá —dice Petrita—; allí tienes la manta.

Y Peralejo exclama:

—¡Pues, hasta luego! Y no estoy para nadie. Si os necesito, os llamaré.

Don Marcial se encierra en su despacho. En tanto que prepara la pluma y las cuartillas, piensa: «Me he metido en un laberinto terrible; allá en mis mocedades no me importaba nada el jugarme la vida; las balas me eran indiferentes; pero esto de escribir es otro cantar. No sé cómo decir las cosas, no me atrevo a decir todo lo que pienso». Don Marcial se sirve una taza de café, bebe un sorbo y comienza a escribir. Escribe don Marcial: «La reunión se verificó en una casa de la calle de Embajadores. Estábamos allí todos los oficiales y jefes de la guarnición de Madrid. Presidía el acto Pepe Castilla...». Don Marcial se detiene. Con la pluma en alto, piensa: «No sé si poner Pepe Castilla o el excelentísimo don José Castilla y Moreno. Pepe Castilla es demasiado familiar. Llamarle Pepe a un consejero del Supremo de Guerra y Marina y teniente general... Claro, que entonces Castilla no era general; pero lo es hoy...». Don Marcial permanece perplejo. Al cabo, oprime el botón de un timbre.

—Dígale usted a la señora —le ordena al criado— que venga.

Cuando entra en el despacho doña Asunción, le dice Peralejo:

—Oye, Asunción; estoy detenido por una pequeña dificultad. No sé si a Pepe Castilla llamarle en las *Memorias* Pepe Castilla o el excelentísimo señor don José Castilla y Moreno.

Doña Asunción se queda también indecisa.

—Voy a llamar a Petrita —contesta al fin.

Cuando llega Petrita, después de enterada del conflicto, dice vivamente, riendo:

—Pero, papá, si te detienes en esas minucias no vas a acabar nunca tus *Memorias*. Pepe Castilla, nuestro buen amigo, entonces, cuando ocurrieron los sucesos que tú relatas, era coronel; además, es amigo íntimo tuyo. Todos le llamabais cariñosamente Pepe y todos sus amigos se lo seguís llamando...

—¡Es verdad! ¡Es verdad!— exclama don Marcial—. Voy a seguir escribiendo. Podéis retiraros; si vuelve a ocurrirme alguna duda, ya os llamaré.

El coronel Peralejo bebe otro sorbo de café y prosigue escribiendo: «Presidía la reunión Pepe Castilla. Había en todos un gran entusiasmo. La opinión pública deseaba que se iniciara en España un hondo movimiento de regeneración política. Todos estábamos dispuestos a ponernos a la cabeza de ese movimiento. Llegaban a nosotros excitaciones cariñosas de todas partes. En la reunión hubo diversidad de pareceres. Todos ansiábamos un cambio radical en la política; pero disentíamos en cuanto a los medios de realizarlo. El comandante Reguera, el más exaltado, el más entusiasta, proponía a voces, dando fuertes puñetazos en la mesa...». Don Marcial se detiene. Mientras arregla las cuartillas, piensa: «Es difícil decir lo que proponía Mariano Reguera. Sin embargo, si no lo digo, no entero al lector de lo más importante que ocurrió en la reunión. Acaso haya forma de decirlo con rodeos, delicadamente; pero a mí no se me ocurre...». Peralejo vuelve a oprimir el botón del timbre. Otra vez están ante él doña Asunción y Petrita.

—Perdonad tanta molestia —les dice don Marcial—; el caso ahora es más serio que el de antes.

Doña Asunción se queda perpleja, después de escuchar las explicaciones.

Petrita dice riendo:

—¡Pero, papá, lo que quería Reguera era una barbaridad!

—¡Pero esa barbaridad —dice Peralejo— la querían muchos! Reguera acabó por imponerse. Después, casi todos vociferaban; allí estaban Llaneces, Tejero, Redondo, Alejo Puente, que hoy es capitán general de la sexta región...

—Sin embargo, papá —observa Petrita—, tú no puedes decir así en crudo..., bruscamente..., lo que proponían todos esos compañeros tuyos.

—Es verdad —reconoce don Marcial—; pero si no lo digo, estas *Memorias* no tienen interés alguno.

—Pero si lo dices —replica Petrita— van a prohibir la circulación de tu libro, y es como si no lo escribieras.

—Tiene razón Petrita —dice doña Asunción—. ¿No se podría suprimir esa parte?

—¡No, no! —exclama don Marcial—. Suprimir, no. Lo que haremos es dejar esto en suspenso para estudiarlo y discutirlo después, más despacio. ¡Hasta luego!

Se retiran doña Asunción y Petrita. Peralejo prosigue escribiendo: «La reunión se prolongaba. Había llegado al grado máximo la exaltación. Yo, que estaba sentado en un rincón, al lado de Antonio Iñesta, comandante entonces, escuchaba a todos en silencio. Parecía que iba a triunfar la opinión de Reguera, cuando comenzó a hablar el coronel Pinilla. Adolfo Pinilla había sido varias veces diputado; se expresaba con gran corrección y elocuencia. Tenía el hábito de perorar en público. Desde las primeras palabras de Pinilla, se hizo el silencio. Todos escuchábamos a Adolfo con una profunda atención. Parece que estoy oyendo todavía los párrafos grandilocuentes en que Pinilla hablaba de la patria, del ejército y de las gloriosas tradiciones de España. El efecto fue instantáneo; resonó en la estancia una formidable ovación. Pero Antonio Iñesta, que estaba a mi lado, no aplaudía. Yo le miraba; él acercó sus labios a mi oído y dijo en voz baja: *Dicen que Pinilla quiere ser senador vitalicio; añaden que se lo ha prometido el Gobierno...* Yo no di importancia a estas palabras; pero tampoco aplaudí. El giro que había tomado la reunión no me gustaba. Pinilla proponía la redacción de un documento en que se expresasen los deseos del ejército. El documento —decía Pinilla— podría ser todo lo enérgico, todo lo terrible que quisiéramos. El comandante Reguera, y los que con él opinaban, podrían expresar en ese documento las justas aspiraciones que habían manifestado de una regeneración política, aspiraciones que, dentro del terreno de la legalidad, eran las de todo el ejército... Poco más o menos, este fue el sentido del elocuente discurso de Pinilla. La mayoría de los reunidos se decidió por la redacción del documento. Yo seguía callado. Todos habían expuesto su opinión. Hubo un momento en que Pepe Castilla se dirigió a mí y me preguntó:

—Tú, Marcial, ¿no dices nada?

Yo tenía por dentro una indignación formidable; detestaba todos estos procedimientos parlamentarios; me daban náuseas las palabrerías grandilocuentes y enfáticas. No era esa nuestra misión. Me había criado en campaña, haciendo la guerra, en el Norte, en Cuba. Tenía la convicción de que un militar debe hacer cosas, sean las que sean, y no pronunciar discursos elocuentes y redactar documentos. Todos los discursos del militar deben de ser cuatro palabras rotundas, enérgicas, brutales, si es preciso, a los soldados.

Se había hecho el silencio; yo seguía mudo. Pepe Castilla volvió a preguntarme:

—Pero, Marcial, ¿es que no se te ocurre nada?

Entonces yo, colérico, indignado, no dije más que una palabra; la palabra...».

Y ahora sí que se detiene brusca y repentinamente don Marcial. La palabra que él dijo no se puede escribir. De nuevo llama a doña Asunción y a Petrita.

—¡Qué horror! —exclama doña Asunción cuando don Marcial le explica la dificultad.

Y Petrita, tan risueña, tan jovial como siempre, dice:

—Papá, esa palabra no es a ti a quien se le ha ocurrido primero. Yo he leído que la dijo un general. Creo que se llamaba Cambrone... Sí, sí. Cambrone...

—Pero ese general no escribiría esa palabra en sus *Memorias* —dice Peralejo.

—No, no —replica Petrita—; creo que la dijo en el campo de batalla...

—¡Ah! Eso es distinto —observa don Marcial—. Yo la dije en la reunión que tuvimos, y ahora no puedo escribirla en mis *Memorias*... Pero dejaremos este punto para estudiarlo luego. Voy a seguir.

Peralejo prosigue escribiendo sus *Memorias*: «El efecto de mi exclamación fue vario. Unos se indignaron; otros se echaron a reír; la mayoría me aplaudió. Pepe Castilla se reía a carcajadas.

—¡Qué cosas tienes, Marcial! —me dijo.

Yo comencé a hablar. No era un discurso lo que hacía; contaba, a mi modo, lo que les había oído muchas veces a mi padre y a mi abuelo, militares los dos, de nuestra historia en el siglo XIX. Hablé de los diversos movimientos militares que hubo durante ese siglo. Recordé cómo el ejército había dado siempre muestras de amor a España y de entusiasmo por la libertad, poniéndose a la cabeza de toda aspiración noble y generosa del pueblo. Y acabé diciéndoles: *Compañeros, nosotros, que nos hemos jugado la vida cien veces…* Y al decir esto miraba a los partidarios del documento… *Compañeros, nosotros, que nos hemos jugado la vida cien veces…»*.

De pronto, se abre la puerta del despacho. Entra doña Asunción y dice:

—Marcial, perdona; pero tienes una visita que no puedes desatender.

—Estaba ahora —replica don Marcial— en lo más interesante de todo: lo que yo les dije a los compañeros, recordando otros tiempos…

EPÍLOGO

«Ninguno dijo primero que Epicuro que el mejor solitario era el que sabía estar solo entre la gente.»

(Quevedo, *Defensa de Epicuro*, en *Epicteto, y Phocilides, en español con consonantes*. Madrid, 1635. Folio 105 vuelto.)

I
Don Pascual reúne a sus amigos

Don Pascual está en su despacho. Todas las paredes se hallan cubiertas de libros puestos en sus estantes. Los amigos de don Pascual se hallan con él.

—Queridos amigos —dice don Pascual—: Les he reunido a ustedes para consultarles algunos graves, importantes asuntos. Conviene que, de cuando en cuando, nos reunamos. Debemos charlar sobre los problemas que más interesan a nuestro país. Deseo conocer la opinión de todos ustedes. En la vida no hay nada despreciable; yo tengo mis ideas; trato de informarme serenamente de los asuntos que he de tratar ante la opinión. Pero, ¿mi criterio no podría estar equivocado? ¿No puedo yo padecer una obcecación del amor propio? Nada hay despreciable en la vida —les decía a ustedes—; estimamos en mucho la opinión de un hombre docto; pero acaso un hombre sencillo, modesto, humilde, tenga, en ocasiones, un pensamiento más sereno, más discreto, más natural, que el docto, cargado y abrumado por su erudición y su saber. El ambiente influye poderosamente en nosotros. A veces tomamos una decisión que nos parece justa; la hemos meditado mucho; hemos reflexionado sobre ella día y noche; creemos que la informa la más rigurosa lógica. «No podemos hacer otra cosa —pensamos—; todo el mundo en nuestro caso haría lo mismo; debemos repeler el ataque de que hemos sido víctima, o la vejación de que se nos ha hecho objeto, o la humillación que se nos ha infligido; debemos contestar a todos estos actos con energía, con dureza». (Generalmente estas peligrosas decisiones que tomamos, a solas, después de meditarlas, se refieren a cuestiones de amor propio, de honor mal entendido). Y, sin embargo, queridos amigos, un accidente cualquiera hace que no podamos poner por obra nuestra decisión; la hemos de aplazar por unos días: en ese intervalo hemos de hacer un viaje. Cambiamos de paisaje, de ambiente; nos rodean otras cosas distintas; hablamos con otros hombres, y acaso en otra lengua... Nuestra decisión, tan meditada, tan arraigada en nuestro espíritu, se va esfumando. ¿Dónde está nuestra decisión? ¡Qué lejos está! Se ha evaporado.

Cuando volvemos a nuestro hogar, sonreímos satisfechos de que el azar haya venido —sabiamente— a entorpecer nuestra hazaña. Nuestra hazaña hubiera durado un minuto, y sus consecuencias hubieran durado años. Ya nadie habla a nuestro alrededor del hecho que había motivado nuestra decisión. Ya, en el público, nadie se acuerda de ese hecho. Si nosotros nos hubiéramos lanzado inconsideradamente a la acción, ahora, en tanto que ya en el público se había disipado el ambiente que nos excitaba al acto, cuando ya nadie se acordara del hecho impulsor de ese acto, nosotros solos —solos y acaso entre las sonrisas piadosas y la desdeñosa conmiseración de los demás—, nosotros solos sufriríamos las consecuencias de nuestra decisión... Queridos amigos: charlemos serenamente. Consideremos nuestra situación en la política, sin animosidad para nadie, sin prevenciones de la pasión, como si no tuviéramos adversarios en el mundo. Y pensemos que todas las opiniones merecen un gesto de atención y de respeto. La verdad no la tenemos nosotros en nuestras manos. Acaso la verdad está un poco esparcida, desparramada por todas partes. Yo quiero oírles a ustedes, enterados de los problemas políticos; luego, en mis paseos, en mis charlas con los labriegos y los artesanos, departiré con estos hombres humildes; humildes, pero tan interesados como nosotros en la suerte del país en que habitan. Nada hay despreciable en la vida. Huyamos de la obcecación solitaria y soberbia. Departamos con los doctos y escuchemos a los humildes.

Y todos los amigos de don Pascual han ido exponiendo sus opiniones. No había tiesura ninguna en esta reunión; no se hablaba en tono de discurso. La charla era sencilla y cordial.

Don Pascual visita a un correligionario

Don Pascual ha entrado en una librería. El político va vestido modestamente. En la librería, don Pascual permanece un largo rato revolviendo libros. Se ha olvidado de todo en estos momentos. Cuando sale de la librería, en cada uno de los bolsillos de su americana lleva sendos volúmenes nuevos. Ya se encaminaba, de regreso, a su casa, cuando recuerda que había de hacer una visita. Hace ocho días que uno de sus amigos no aparece por casa del político. Este amigo es un hombre pobre; la casa donde vive es pobre; don Pascual sube unas escaleritas angostas, lóbregas. Llama a la puerta del cuarto de su amigo y le abren.

—¡Ah, querido amigo! —exclama don Pascual, sonriendo, bondadoso, al encontrarse ante su correligionario.

El correligionario de don Pascual permanece con el semblante grave; hace un esfuerzo por sonreír; pero torna al punto a su gravedad.

—Usted, querido amigo —dice don Pascual—, está incomodado conmigo; no venía usted a mi casa, y yo he querido venir a la de usted. Hablemos con entera franqueza. Creo que nos entenderemos. No quiero que haya sombras en nuestra amistad.

Poco a poco, el semblante del correligionario se va serenando. Las palabras serenas del político le van trayendo la paz y el contentamiento al ánimo.

—No tiene usted razón, querido amigo —prosigue don Pascual—. Presumo cuál es la causa de su enojo; pero nuestro partido es un partido especial. Nosotros no podemos pedir nada, ni queremos nada. Yo soy tan pobre ahora como cuando era estudiante. ¿Quiere usted que descubra un poco mi vanidad? Podría haberlo sido todo y no soy nada. No he querido ser como los demás. No ambiciono el Poder. Ser ministro, presidente del Congreso, presidente del Consejo, ¿para qué? Usted, todos los amigos y yo, predicamos por toda España una idea, una idea que creemos verdadera. Tenemos la confianza y el respeto de nuestros conciudadanos; podemos pasearnos entre la muchedumbre sintiéndonos asistidos por su simpatía. Muchas veces vamos contra el prejuicio y la pasión del pueblo; hemos de combatir en esas ocasiones ideas y sentimientos populares que creemos errados, nocivos; no titubeamos en la empresa. No titubeamos y soportamos en silencio la contradicción apasionada, sañuda, de que se nos suele hacer objeto... Pero nadie duda entonces de nuestra sinceridad; no nos falta el respeto ajeno ni en esas ocasiones. Y siempre, en todo momento, estemos con la muchedumbre o vayamos contra sus prejuicios, contamos con una minoría selecta, independiente, esparcida por toda España, que nos sigue y nos alienta.

Ha callado un momento el político. Luego ha proseguido:

—¿Para qué queremos el Poder? Si algún día viene a nuestras manos, lo aceptaremos, pero sin codicia, sin concupiscencia. Estamos gobernando hace años sin estar en el Poder. Creamos una llamita de civismo, de cultura, de independencia mental, que esparce sus resplandores en la noche de nuestra patria. Si alguna vez ocupamos el Poder, seremos sinceros y desinteresados. No romperemos abiertamente con la tradición, porque no se puede prescindir de las fuerzas hereditarias, seculares, de un pueblo; pero orientaremos nuestros actos, armónicamente, sin estrépitos, hacia lo porvenir. Y si nunca podemos sentarnos en un sillón ministerial, ¿qué habremos perdido? Nuestra obra de difusión de la cultura, de avivamiento del amor a España, estará hecha. Seremos pobres; pero desde el punto de vista mezquino y ridículo de la vanidad, en que no debemos pensar, en que es indigno pensar, ¿quién podrá compararse a nosotros? Cuando se es un mes, tres meses, seis meses, ministro o presidente, y se tiene el acatamiento de los servidores y subalternos, el fausto de una posición brillante, el goce del mando, etc., etc., ¿se tiene más —desde el mezquino punto de vista de la vanidad—, se tiene más que el que, en la pobreza y en su humildad, dispone del aplauso, de la simpatía y del fervor de sus conciudadanos? Caminar modestamente a pie entre sus conciudadanos, querido y respetado por todos, ¿no vale más que pasar raudo en un coche oficial? Las ideas mueven el mundo, querido amigo; las ideas son las más poderosas de las acciones. No hay acción sin ideas. Los pobres hombres de acción, yendo de un lugar a otro, abrumados por su propia gesticulación, no son más que residuos y secuelas de los hombres de ideas. Los verdaderos hombres de acción son los hombres de pensamiento. Esforcémonos, querido amigo, en tener ideas. Ofrendemos nuestras ideas a nuestra patria. A nuestra patria y a la humanidad. Lo demás es baldío y desdeñable...

Don Pascual tiene ideas y es tolerante

Don Pascual lee y escribe. Su palabra es clara y precisa. Para hablar bien se necesita escribir bien. Un orador ha de ser escritor. Sólo escribiendo se adquiere el hábito de la precisión, la pureza y la claridad. Don Pascual habla sencilla y lentamente. Sus discursos son razonamientos. Cuando acaba el razonamiento, acaba el discurso. Lee y viaja el político. Frecuentemente, don Pascual desaparece de Madrid. Se ha marchado a recorrer España o a hacer una peregrinación por el extranjero. En España, pasa por las ciudades sin que lo sepa nadie. Le place departir con la gente popular. Gusta de morar en mansiones sencillas a la manera de los más menesterosos ciudadanos. Hombre pulcro y cuidadoso —verdadero admirador del canon helénico—, no pone énfasis ni rigidez en su persona; él sabe que, siendo aplaudida y admirada la pulcritud moral y la austeridad, hay, sin embargo, algo en estas excelencias humanas que repele. Admiramos, sí, a los hombres austeros; pero quisiéramos en la austeridad un matiz de abandono, de negligencia... Y este arrebol de negligencia, de laxitud, de concesión al adversario, es el que don Pascual pone, discretamente, en su persona. Una sonrisa de bondad —en que a veces hay ironía— hace olvidar a las gentes su inflexibilidad y su abnegación. Cuando sonríe parece decir a sus adversarios: «Perdonadme si yo no soy como vosotros; quisiera serlo; pero no puedo; vosotros estáis justificados; pero yo no puedo dejar de ser como soy».

II
EL BOSQUECILLO DE LAURELES

Don Pascual vive en un quinto piso. He subido las escaleras de su casa. Las escaleras son estrechitas y penumbrosas. Don Pascual está trabajando en un despacho lleno de libros. Los libros, de todos tamaños, de todos colores en su cubierta, hinchen los plúteos y andenes de la biblioteca. En uno de los huecos que la estantería deja en la pared, se ve colgada una ancha, clara y bella fotografía del Partenón. Me he detenido en la puerta del despachito. Don Pascual ha levantado la cabeza (estaba inclinado sobre la mesa, escribiendo). Ha levantado la cabeza, ha dejado la mesa y ha venido hacia mí sonriendo, y sonriendo me ha puesto blandamente la mano sobre el hombro.

Por la única ventana del despacho se ve, allá abajo, la fronda verde de un extenso jardín. (Se ve la fronda verde en la primavera, en el verano; en el otoño, el boscaje es de color de oro; en el invierno, los pobres árboles, desnudos, elevan sus brazos escuálidos al cielo.) Don Pascual es un hombre provecto. Tiene muchos años sobre sí; pero parece un niño. Su carácter es el de un niño. Su pelo, espeso, casi crespo, está blanco. Parece de plata brillante. Tiene muy abierto el chaleco, a estilo de sus mocedades. Y como se muda la camisa todos los días, la gran blancura de la camisa destaca en la foscura [9] de su negro indumento. Diríase que no lleva corbata; so el ancho cuello bajo y vuelto, en el centro —también a estilo de caballero provinciano de

---

[9] foscura: de fosco; color oscuro, que tira a negro.

antaño— se ve la motita negra, diminuta, de una cinta de seda. Todo en la persona de don Pascual está subordinado a los ojos. ¿Qué dicen los ojos de don Pascual? Su mano está encima del hombro del amigo, y sus ojos —de niño, de labriego y de filósofo—, sus ojos preguntan, inquieren y saludan. Brillan sus ojos como los del niño ante un juguete o los del matiego que en la feria acaba de hacer un buen negocio. Pero, ¿no habrá a veces en estos ojos un destello de melancolía?

Ha vivido mucho don Pascual. Ha tenido muchos desengaños. Es pobre en su vejez y trabaja. Cuando, después de hablar de cosas indiferentes con los más íntimos, llegan los momentos de la confidencia cordial, don Pascual confiesa que está un poco cansado. Su palabra sencilla, razonadora y cordial ha persuadido, convencido y enardecido a las muchedumbres. Su prosa clara y sencilla ha enseñado a pensar y a sentir a dos o tres generaciones. Ha podido ocupar las más altas posiciones políticas y no ha querido. ¿Ha sido por propia y libre voluntad por lo que el político ha rehusado esas altas posiciones? Acaso existe —aun para los más íntimos seguidores de don Pascual—; acaso existe en el espíritu de don Pascual un problema, un misterio, que no ha entrevisto nadie. Las más hondas desesperanzas han cruzado por su alma. El dolor ha acabado de enseñarle lo que los libros habían iniciado en su espíritu: la tolerancia. Sólo quien ha sufrido mucho puede ser tolerante de veras. Sólo el que ha sufrido en medio de los que sufren puede tener para el dolor ajeno —para los niños, para las mujeres, para los ancianos, para los enfermos, para los pobres— una sonrisa inagotable de bondad y de piedad.

En el silencio del despachito, ante la fotografía del Partenón —armonía y serenidad— don Pascual habla lentamente:

—¿Se acuerda usted, querido amigo —dice—, del comienzo del *Edipo en Colona*, de Sófocles? Edipo, ciego, infortunado, llega a las inmediaciones de la ciudad. Le conduce de la mano la gran Antígona. Han hecho los dos un largo camino. Necesitan descansar. ¿Dónde se encuentran? Edipo, el trágico anciano, se ha sentado. ¿Dónde está sentado? ¿Qué país es este en que se hallan? «Desgraciado Edipo, padre mío —dice Antígona—, veo en la lejanía, según creo, las torres de una ciudad. El lugar donde estamos ahora es sagrado. Lo anuncian estos bosquecillos de laureles, de viñas y de olivos. En la enramada los ruiseñores cantan melodiosamente. Descansa en este peñasco. Eres viejo y has caminado largamente». ¡Ah, querido amigo! —añade don Pascual—. Después de una larga vida de trabajos y adversidades, en medio de las tribulaciones; ¡qué grato es encontrar, para el descanso de un instante, un bosquecillo de laureles donde canten los ruiseñores!. Donde canten los ruiseñores de la esperanza...

La tolerancia

—Querido don Pascual —le he preguntado yo—, la vida, ¿no es lucha? ¿No es una perpetua batalla por algo que no podemos alcanzar?

—Sí, la vida es lucha —ha contestado el político—. Pero la tolerancia debe ser nuestra norma. Los hombres no obran el mal conscientemente. Lo bello y lo bueno son una misma cosa. Todo lo bueno es bello. Los hombres proceden injustamente porque desconocen lo justo. No hay un solo mortal que, conociendo el bien, no quisiera realizarlo. Si conociendo el bien realiza el mal, es porque él cree, erróneamente, que está más en su conveniencia el proceder injustamente que con justicia. Y esta debe ser la grande, la bienhechora, la fecunda obra de la política. Esta debe ser la gran política: hacer que todos los hombres, poco a poco, vayan viendo que su interés y su conveniencia no es el mal, sino el bien. Toda la política de los humanos es adoctrinamiento. Deshagamos los errores y los prejuicios.

Cuando los hombres estén persuadidos de la conveniencia del bien, todos los hombres lo practicarán naturalmente y de buen grado. Entretanto, seamos tolerantes. Caminemos lentamente y seamos tolerantes. En la penumbra que nos envuelve, ¿quién tiene la luz? Las luces, las lucecitas tenues, débiles, las llevan en sus manos los creyentes. Llevan las lucecitas los que creen en un ideal. Así, en la negrura de la noche, o en las vaguedades del crepúsculo matutino, si es que la humanidad está ya en el crepúsculo, vemos, entre los gemidos de los infortunados, entre los ayes de las mujeres y de los niños, rodeados de sombra, unas lucecitas ir de acá para allá como nuncios benditos de la esperanza.

LA HUMILDAD

—Sí; pero la ley, querido maestro —he dicho yo—; sí, pero la ley injusta; pero la iniquidad de los déspotas y de los tiranos...

El político ha sonreído.

—Ya ve usted, querido amigo —ha dicho luego—, cómo esta palabra de *esperanza*, palabra santa, acude siempre a mis labios. ¡La ley! ¡La iniquidad! La ley no siempre es la justicia. La justicia es cosa etérea, sutil, impalpable. La justicia es la sensibilidad de los mejores. Justicia es poesía. Los más grandes poetas son los hombres más justos. Remontémonos sobre la intolerancia ajena. A la intolerancia opongamos la bondad. La violencia no puede tener nunca, en ningún caso, justificación. Aquellos hombres que han llegado al pináculo de la virtud, nunca la han usado. Jamás en la santidad se ha visto ni el más ligero arrebol de violencia. Esos hombres excepcionales, únicos, han caminado ingenuos y sonrientes por la vida. Se han acomodado a todo. Teniendo una visión celeste en el alma, han contemplado con los ojos del cuerpo la iniquidad, el error y la barbarie. Y, sin embargo, jamás, ante el dolor que se les hacía sufrir, ante la barbarie que ellos contemplaban, jamás han tenido un movimiento de impaciencia, de cólera, de ira.

El maestro se ha detenido un poco y luego agrega:

—La antigüedad étnica y la civilización cristiana, confluyen en este punto de la santidad. La soberbia es el capital enemigo. «Todos los que, henchidos de sí mismos, piensan tener ellos solos la inteligencia, y una elocuencia que nadie más que ellos posee, y un alma superior, esos tales, cuando se mira a su interior, no son casi siempre mas que seres vacíos». Así dice Sófocles en *Antígona*. Las leyes de los hombres son pasajeras y frágiles; la justicia inmanente, absoluta, es perdurable. No hay clases de hombres que sean buenos o malos. No podemos decir, en un pueblo, que tales o cuales hombres son los malos, y tales otros los buenos. Esa visión sería contraria a la historia, a la naturaleza y a las leyes sociales. Cuando combatamos, en nuestras luchas políticas, a una clase de hombres (los políticos por ejemplo), sepamos hacer la necesaria, imprescindible distinción de que entre los políticos, lo mismo que entre los componentes de cualquier otra clase social, existen hombres buenos y existen malvados. El determinismo social, la uniformidad social —con las atenuaciones que la prudencia impone— nos lleva a ver que todo en un agregado social está revuelto, confundido y mezclado. Pero que esta concepción de la sociedad no nos impulse a la desesperanza. Veamos siempre, en la noche, en la penumbra, las lucecitas. Y esas lucecitas (los hombres buenos y selectos) están en todas partes, entre los políticos, entre los artistas y literatos, entre los oficiales mecánicos. Todas van formando, poco a poco, a pesar de la distancia y de la diferencia de condiciones, un haz ideal, y ese haz o grupo ideal, selecto y sensitivo, es el que real y positivamente determina el progreso.

En este momento se ha abierto la puerta del despacho. En el marco de la puerta ha quedado encuadrada una señora que tenía de la mano a un niño. Ese cuadro ha durado un segundo. El niño ha corrido hacia el anciano y se ha subido a sus rodillas. La dama sonreía. Sus cabellos eran también de plata como los de don Pascual, y su traje, negro y sencillo.

—Todos los días a esta hora —ha dicho don Pascual— viene mi nieto a darme un beso.

El niño, sentado en el muslo del anciano, le apretaba la cara con sus dos manecitas.

—Cuando se ha caminado por la vida y se ha llegado a la senectud, lo único que nos atrae es la sonrisa de un niño. Todos los deseos y concupiscencias han quedado atrás. El más tenaz de nuestros deseos, los libros, nos va abandonando también. ¡Qué ansiedad, antaño, por conseguir un libro que no podíamos conseguir! Acariciábamos los libros, suavemente, como si fueran seres vivos y delicados; pasábamos nuestra mano por la vieja encuadernación, y tornábamos a pasarla... Pero ahora con unos pocos libros nos basta; unos pocos libros en que se resume la sabiduría antigua y eterna. ¡Y cuando lo hemos abandonado todo, sólo nos quedamos con la sonrisa de un niño! ¿Conoce usted, querido amigo, angustia mayor que el dolor de un niño? No pensemos en eso. Pensemos en eso para aliviar y suprimir los males. La humanidad, desde sus más remotos tiempos, desde sus albores, no es más que una sucesión de manos chiquitas, débiles, de niños, que se tienden en el aire angustiadas. Y el mundo —se ha dicho muchas veces— es todos los días una creación de los ojos de un niño... El mundo surge de la nada cada mañana por la contemplación de los niños.

El niño acariciaba la cara del anciano. Don Pascual ha proseguido:

—Ahora, para premiar a este niño y para decir cosas menos deleznables que las que hemos dicho, vamos a contar un cuento.

Y después de una breve pausa, en que el niño se recogía con un gesto de atención muda:

—Una vez era un pastorcito, y este pastorcito...

III
EL MINUTO QUE PASA

Una ventana iluminada luce en la noche. Son los días del promedio del estío. La ventana luce en la casa del político. El campo reposa profundamente. La noche es densa, lóbrega. En la casa duermen todos. En la estancia iluminada, don Pascual se inclina sobre las cuartillas. El rasgueo de la pluma al correr sobre el papel, es leve, ligerísimo; pero en el silencio de la estancia se percibe el leve rumor. ¡Cómo brillan en lo alto las estrellas! Parpadean las luminarias eternas con irisaciones blancas, verdes y azules, y en la lejanía, sobre la tierra, se perciben vagamente los centenares de puntitos brillantes, en la ciudad, de los faroles. Don Pascual se levanta y se acerca a la ventana. Durante un momento permanece absorto. Contempla el parpadeo misterioso de las estrellas —eternidad, arcanidad— y mira sobre el haz de la tierra, en el horizonte, los puntitos luminosos de la ciudad. El aire es levemente fresco. Del campo llega el concierto inmenso —inmenso y suave— de los ruidos nocturnos. Los grillos cantan incansables. Los grillos comunes tienen una nota intermitente, pausada. Los grillos reales dan su nota larga, sostenida, rasgada. Y de cuando en cuando, cada dos minutos, un cuclillo misterioso lanza un grito sonoro y agudo. ¡Cómo parpadean en la inmensa bóveda las estrellas! Se oye el silbato lejano de un tren que pasa; un perro aúlla a lo lejos en la campiña. Y todos estos ruidos, acordes, o aislados, dan más profunda densidad al sosiego nocturno. Don Pascual permanece absorto, inmóvil, en la ventana. Luego vuelve al trabajo. Van pasando las horas. Ya es media noche. El político, en el profundo sosiego de la estancia, va con su letrita menuda llenando las cuartillas.

Los ruidos de la noche van amenguando, desapareciendo. Las estrellas diríase que son más brillantes que a primera hora. Ya el cuclillo ha cesado en su nota aflautada. Los grillos van callando. Pero las lucecitas de la lejana ciudad siguen parpadeando. El enjambre de los puntitos rojos, fúlgidos, parece que se mueve. En la noche, ya silenciosa, sólo estas irisaciones de las estrellas y de las luces de la ciudad indican la vida. Lo fugaz y perecedero está abajo, y lo eterno y absoluto está arriba. No se mueve don Pascual de la ventana. Ha venido antes un momento; ha tornado luego al trabajo, y ahora, ya definitivamente, permanece en el cuadro vivo de la luz frente a la inmensidad de las tinieblas. Desea ansiosamente respirar la noche. Todos estos ruidos que acaban de cesar, el político los ha escuchado en el campo, muchas veces durante su vida. Del lejano pretérito vienen a su memoria sensaciones que yacían abolidas. Uno por uno han ido reviviendo todos los rumores nocturnos. Luces de las estrellas y sonoridades de la noche —en íntimo concierto— ponían en su espíritu una tristeza indecible. La vida no se vuelve a vivir. El momento de la mocedad en que gozaba el político de este espectáculo de la noche, se había repetido a lo largo de los años. Pero la emoción no está siempre en nuestro espíritu. Pocas veces podemos sentir hondamente, conmovidos, impresionados, un paisaje, el mar, el cielo estrellado. Contemplamos frecuentemente la naturaleza; pero sólo de raro en raro logramos —en un instante supremo— compenetrarnos con la naturaleza. Tal vez hemos sentido esta compenetración siendo mozos, cuando escribíamos ardientemente; más tarde, a lo largo de los años hemos vuelto a sentirnos conmovidos, impresionados, cuando nuestra vida era más serena y comprensora. Los años han ido pasando. La capacidad de comprensión y de emoción se agota. Advertimos esta disminución de nuestro ser. Hasta lo más profundo de nuestro espíritu llega esta disminución paulatina de nuestra vida. Nos percatamos de que poco a poco vamos muriendo en plena salud. Y entonces, con angustia suprema, como desesperados, trágicamente, nos esforzamos en gozar anchamente, respirando a plenos pulmones, este momento de belleza del mundo —luces de la eternidad, eterno mar, perdurable montaña— que ya, aunque vivamos, no volveremos a gozar.

Y encuadrado en el marco de luz de la ventana, en la noche inmensa y callada, estaba la tragedia íntima, terrible, del político. Las horas iban pasando. Ya el alba se anuncia con una vaguedad blancuzca por Oriente. Calla todo profundamente ahora. La formidable labor del día, tras los ruidos de prima noche, necesita este silencio absoluto, inquebrantado. Durará sólo un momento. Inmediatamente, otros ruidos, premonitorios del día, van a comenzar. Don Pascual se siente vencido, deshecho interiormente, en esta hora primera de la madrugada. ¡Adiós a la vida y adiós al pasado! Las estrellas que han lucido toda la noche se van esfumando. Como las esperanzas, como las ilusiones, van desapareciendo estas estrellitas.

¡Adiós al pasado y adiós a la vida! Ya esta blanca aurora no nacerá sobre nosotros. Ya este minuto de emoción espontánea, íntima y sagrada, no pasará por nuestro espíritu. Dulcemente, don Pascual ha cerrado la ventana iluminada.

El supremo consuelo

En el jardín de la casa de don Pascual se yerguen, redondos y sombrosos, unos tilos. Don Pascual está sentado entre los árboles. Por entre el follaje verde se ve el cielo azul. El político devanea por el jardín o permanece sentado con un libro en la mano. En estos días del verano, unos amigos del político (lo hemos dicho en el prólogo) se pasean por la remota montaña. Se han sentado a descansar en un claro del monte y dirigen el catalejo hacia la casita de don Pascual.

—Don Pascual —dice uno de estos amigos— lleva en su espíritu un perdurable conflicto que paraliza su acción política.

En el jardín de su casita, bajo los tilos, entre los rosales, en este momento, mientras sus amigos hablan así, el político contempla el cielo azul; mira las nubes blancas que pasan; observa —inclinándose atentamente— cómo los panzudos y torpes cetonios, dorados, pavonados, se regodean voluptuosos en el seno fragante de las rosas. La vida, ¿tiene una finalidad? ¿Tienen una finalidad la estrella remota que parpadea en la noche, en nuestra noche, y el cetonio que duerme en el cáliz de una flor? ¿Hacia dónde va la humanidad? ¿Será constante, indefinido, eterno, el progreso? El cielo está azul. Ya declina el día. Una aurora sucederá a la noche. El esplendente sol se elevará en el horizonte. Pasarán sobre el planeta las generaciones humanas. En la perdurable sucesión de los siglos, ¿qué valor han de tener los gestos fugaces de las minúsculas luchas políticas en un rincón del mundo? Va declinando la tarde. Comienzan a surgir en el cielo radiante las primeras estrellas. «Don Pascual —dicen los amigos— lleva en el espíritu un conflicto que hace su gestión política imposible». Podrá no tener finalidad el Universo. No la tendrá la estrella remota, ni el cetonio. Pero en el espíritu del hombre hay una realidad evidente: la realidad del bien. Cuando el Universo pudiera desaparecer instantáneamente, como en un soplo, todavía nosotros, los humanos, consideraríamos como una posesión definitiva, eterna, la idea del amor. Las estrellas comienzan a surgir en el crepúsculo que llega. Ya el diminuto jardín se llena de penumbras. No sentiremos ya —ni volverá a sentir nuestro político— la compenetración llena de ansiedad con el paisaje, con la montaña, con el mar. La vida acaba ya para nosotros. Pero en tanto vivamos, en tanto en la forma transitoria mortal aliente nuestro espíritu, seamos buenos, seamos tolerantes, seamos humanos. Nadie, ni la fuerza más grande, puede impedirnos que acariciemos un niño, que tengamos un gesto de piedad para la mujer infortunada. Y eso será, en la declinación de nuestro vivir, el supremo consuelo.

La santa pobreza

Ya han llegado los días del otoño. Los anchos pámpanos de los viñedos están amarillentos. Caen lenta y perezosamente de los árboles las hojas. El cielo se aborrasca: por entre los claros de las redondas nubes se ve un pedazo de azul. Don Pascual sale de su casita y se va despacio por un camino. Cruzan por el aire las últimas golondrinas que se marchan. Don Pascual va caminando lentamente. Dentro de poco llegarán los días del invierno. Los pobres caminantes tendrán frío por los caminos.

Señor, ampara a los pobres de los caminos.

Don Pascual ha llegado ante un árbol y se ha puesto en silencio a mirar el tronco y las ramas de este árbol. Pronto todo el follaje de oro de todas estas ramas habrá caído al suelo y el viento lo llevará en remolinos de un lado para otro. La nieve caerá también del alto cielo. Los caminos se pondrán blancos. Todos cerrarán sus puertas y se cobijarán en las chimeneas junto al fuego. Pero los pobres de los caminos marcharán solos, ateridos, envueltos en sus malos andrajos.

Señor, ampara a los pobres de los caminos.

Don Pascual ha visto al pie del árbol una piedra redonda. En esta piedra acostumbra a sentarse don Pascual para descansar un momento. Los pobres que andan a la ventura no tienen descanso. Pasan por los pueblecitos; pasan por las grandes ciudades; pasan por las aldeas. No hay un abrigo seguro y cordial para estos viandantes. No tienen mañana ni ayer. ¿Dónde posarán su cabeza?

Señor, ampara a los pobres de los caminos.

Don Pascual se sienta en la piedra, debajo del árbol. Un pajarito se ha posado en las ramas. Los pajaritos —como los lirios del campo— no hilan ni tejen y tienen que comer. Pero los pobres de los caminos son más infortunados que las florecillas de la campiña y los pájaros de la enramada. Marchan trabajosamente de ciudad en ciudad y una mano amiga no estrecha sus viejas manos endurecidas por el sol y los vientos.

Señor, ampara a los pobres de los caminos.

Don Pascual está sentado en la piedra del camino. A lo lejos ve acercarse un hombre y un niño. Caminan lentamente. Ya están más cerca. Ya han llegado hasta donde está don Pascual. ¡Qué cara de profunda tristeza tiene el hombre! Es ya viejo; su barba es blanca; sus ojos son azules. Don Pascual lo mira en silencio. Luego, ha mirado al niño. Días atrás un periódico publicaba un retrato de don Pascual cuando era niño. Don Pascual volvió a ver en su carita de antaño —¡cuántos años hace!— su mohín de tristeza y sus ojitos escrutadores. Y ahora, al contemplar a este niño, ha visto en su carita la misma mueca y los mismos ojitos curiosos. Don Pascual ha tenido que ponerse prestamente la mano en el corazón. Sentía una angustia terrible. Este niño —pobrecito de los caminos— era él mismo, don Pascual, que comenzaba a vivir ahora y que tenía ante sí toda una vida de azares, de trabajos y de dolores. Don Pascual se ha llevado el pañuelo a los ojos.

Señor, ampara a los pobres de los caminos.

Señor, haz que todos los poderosos, que todos los constituidos en dignidad, que todos los mundanos gozadores de honras, piensen, siquiera un minuto, todos los días, en los pobres de los caminos y de las ciudades; en los pobres que van de puerta en puerta, y en la inmensa legión de los que trabajan y sufren.

Madrid, 1923

FIN

ÍNDICE